폭풍우 속으로

지은이 최서해

신경향파의 대표적 소설가.
그의 소설들은 극빈층의 삶을 표현하는 이야기가 많다.
대표작으로는 「토혈」 「고국」 「탈출기」 「홍염」 등이 있다.

현대문학 짧은 이야기 1
폭풍우 속으로

초판 1쇄 발행 2023년 6월 25일

지은이 최서해
펴낸이 백광석
펴낸곳 다온길

출판등록 2018년 10월 23일 제2018-000064호
전자우편 baik73@gmail.com

ISBN 979-11-6508-529-2 (03810)

현대문학 짧은 이야기 1

폭풍우 속으로

최서해 지음

다온길

서문

　최서해의 소설이다.

　짧은 이야기들을 모아 한 권의 책으로 내게 되었다.

　그의 소설들은 빈궁을 소재로 하여 가난 속에 허덕이는 사람들의 이야기가 주류를 이룬다.

　그 중에서 「탈출기」는 살길을 찾아 간도로 이주한 가난한 가족의 눈물겨운 참상을 박진감 있게 묘사한 작품으로 신경향파 문학의 대표작으로 평가된다.

　어린시절을 가난 속에 소학교도 제대로 다니지 못했던 그는 <청춘(青春)> <학지광(學之光)> 등의 잡지를 읽으면서 문학에 관심을 가지게 되었다.

　그 후 간도 등지를 다니면서 나무장수, 잡역부, 부두노동자, 배달꾼 등 밑바닥 생활을 경험하였으며, 이러한 체험

이 그의 창작의 밑바탕이 되었다.

이후 이광수의 추천으로 <조선문단>에 「고국」을 발표했다. 1931년 매일신보 학예부장으로 일하기도 하였으나 1932년 7월 사망하였다.

개화기를 분수령으로 고전문학과 현대문학으로 나누어진다.

현대 문학은 개인에 대한 집중, 마음의 내적 작용에 대한 관심, 전통적인 문학적 형태와 구조에 대해 거부하며 작가들은 정체성, 소외, 인간의 조건과 같은 복잡한 주제와 아이디어를 탐구하는 게 특징이다.

'역사를 잊은 민족에게는 미래는 없다'는 말이 있듯, 과거의 현대문학을 보면 오늘을 살아가는 우리의 모습이 투영된다.

차례

1장

폭풍우시대(暴風雨時代)

떠나가는 사람 · 1

나는 우리 동포의 슬픈 이야기를 우리 동포의 앞에 드리겠읍니다.

구변이 없는 나의 말 솜씨가 과연 동포의 슬픈 사정을 슬프게 드러낼는지는 퍽 의심스럽읍니다.

그러므로 나는 이야기에 슬프지 않은 사실이 있다고 뽑아 버리거나 슬픈 사실을 더 고조하려고는 하지 않읍니다.

그러는 것은 여러분이 애초부터 들으려고도 하지 않겠지만 설령 듣고자 하더라도 구변 없는 나는 이야기를 더 망치지나 않을까 하는 의심이 생겨서 그런 객기는 부리지 말고 내가 본 대로 들은 대로 느낀 대로 똑바로 적겠읍니다.

아시는 바와 같이 나는 이렇게 떠돌아다니는 사람이외다.

나는 이렇게 떠돌아 다니는 것을 좋아하는 사람은 아니외다. 누가 편안한 자리를 즐기지 않으리까? 될수만 있으면 낯익은 고향에서 아늑히 살고 싶읍니다.

하나 모든 것은 나의 마음과 같이 되지 않읍니다.

나의 처지와 나의 환경은 나로 하여금 이렇게 방랑의 생활을 하지 아니치 못하게 만들고 있읍니다.

이것이 어찌 나 한 사람의 운명만이겠읍니까? 적어도 나와 처지를 같이하고 나와 환경을 같이한 우리 동포의 운명일 것입니다.

더 크게 생각한다면 어찌 우리 동포뿐이겠읍니까? 나와 처지를 함께하고 나와 환경을 함께하고 나와 설움을 함께한 천하의 사람들은 다 그러한 운명의 물결에 고토를 버리고 낯설은 산천에서 방황할 것입니다.

이렇게 떠돌아다니게 되니 별의별 꼴을 다 보게 되고 별의별 고생을 다 겪게 됩니다.

기쁘게 뛰어갔다가 도리어 참혹한 꼴을 보게 되고 달다고 씹었던 음식이 도리어 쓴 때가 많읍니다.

그 중에서도 눈을 뜨고 못 볼 것은 처지를 같이한 사

람들의 고생이오 잊히지 않는 것은 처지를 같이 한 사람들의 죽음이외다.

시방 여기 적는 이야기도 그런 사실의 하나이외다.

나는 이 이야기의 주인공 되는 조병구를 그 뒤로 잊어본 적이 없었읍니다.

그것은 내가 억지로 잊지 않으려고 해서 잊지 않은 것이 아니외다. 어쩐지 그의 그림자는 잊혀지지 않읍니다.

조병구의 시체를 파다가 우리 손으로 다시 묻은 것은 지금으로부터 팔년 전 겨울이었읍니다.

여덟 봄 여덟 가을이 가고 오는 새에 살아서 펄펄 뛰는 사람들도 변하는데 땅속에 든 사람에게 어찌 변이 없겠읍니까? 물론 있을 것입니다.

이제는 그의 살은 흙이 되었을 것입니다. 있다면 흙에 절은 누런 해골이나 있을 것입니다.

그것도 다 있는지 없는지를 누가 보증하겠읍니까?

이렇게 그는 땅속에서 팔 년이란 세월을 썩어 내려오건만 그를 생각하는 정은나의 가슴에 나날이 새로와 갑니다.

이것은 나뿐만 아니겠지요! 적어도 조병구를 아는 사람은 다 그럴 것입니다.

그리고 조병구의 두 눈은 늘 우리들 가슴에 대룩대룩할 것이오 조병구의 남긴 말은 늘 우리들 귀에서 쟁쟁할 것입니다.

내가 조병구를 대하게 된 것은 지금으로부터 십 년 전 초겨울이었습니다.

이천만의 입으로 흘러 떨어지는 소리가 삼천리라는 산하를 움직이고도 남음이 있어서 동으로 서로 남으로 북으로 그 음파를 전하던 때였습니다.

그때에 귀여운 조선의 아들 딸들은 혹은 강을 건너고 혹은 바다를 건너서 멀리멀리로 나가지 아니치 못할 운명의 쪼들림을 받게 되었습니다.

떠나가는 사람 · 2

귀여운 아들 딸을 보내는 아버지와 어머니들은 하늘을 우러러 가슴을 치면서 통곡을 했습니다.

이 통곡 소리와 한숨 소리에 무심한 산천초목들까지도 자지러지는 것 같았습니다.

그러나 떠나가는 아들 딸들은 뒤도 돌아보지 못하고 떠나갔습니다. 목석이 아니거든 그네의 가슴인들 어찌 허허

11

범범하였겠습니까.

뒤를 돌아 못 보는 그네의 가슴은 더욱 찢겼습니다. 눈물을 못 흘리는 그네의 핏발선 눈은 더욱 뜨거웠습니다.

나도 그때 그네들 가운데 든 사람이었습니다.

나는 지금도 밤중에 떠나는 나를 이십 리 가까이 따라오면서 소리를 못 내고 흑흑 느껴우시던 어머니의 울음 소리가 들리는 것 같습니다.

"가는 데마다 편지를 해라!"

하고는 목이 메어서 말을 못 하시는 어머니의 그림자가 내 눈앞에 늘 떠오릅니다.

그 뒤에 들으니 어머니는 내가 떠난 뒤에 진지도 잡숫지 않고 늘 울음으로 세월을 보내다가 그 해 겨울에 사랑하는 아들을 다시 못 보시고 세상을 떠나셨습니다.

어찌 우리 어머님만 그러하였겠습니까? 조선의 어머니와 조선의 아버지들은 거개 이렇게 돌아가셨을 것입니다.

조선의 어머니시여! 조선의 아버지시여! 당신네들은 보고 싶은 아들 딸을 다시 못 보고 어떻게 두 눈을 감으셨나이까?

이런 슬픈 이야기는 그만하고 하던 이야기나 어서 하지요.

그때 나는 물을 건너서 태산 준령을 넘었읍니다.

밤이라 별 그림자가 잠긴 물을 건너서 무시무시한 산골짜기로 들어가던 기억은 지금 다시 떠오릅니다. 그때 우리 동행은 셋이었읍니다.

한 사람은 장일선이라고 서울서 중앙 학교를 마친 사람이오 한 사람은 이백천이라고 어떤 항구에서 노동하던 사람이었고 또 한 사람은 나였읍니다.

그때 나하고 장일선이는 하얀 손길을 가진 약골이었으나 이백천이는 건장한 사나이였읍니다.

그의 거무테테한 낯빛하며 우뚝한 코하며 툭 내민 관골하며 주먹을 부르쥐면 힘줄이 툭툭 불거지는 것은 녹록한 사나이가 아니었읍니다. 그는 우리를 퍽 사랑하였읍니다.

웬만한 물은 그가 업어서 건넜읍니다. 촌촌이 들어서 밥을 얻어 먹은 것도 그의 힘이 컸읍니다. 그가 어느 집에 가서 장작을 패거나 밭일을 한 번 하면 노자와 밥이 나왔읍니다.

"형님만 없으면 우리는 죽을 것만 같소?"

하고 우리가 미안한 표정으로 말하면 그는,

"내가 없다고 산 입에 거미줄이 슬겠냐? 아우님들은 별말 하지 말우!"

하면서 좋은 낯빛으로 말했읍니다.

"형님 우리도 패라우? 응 오늘은 우리도 팹시다, 갑갑한데."

하고 우리는 어떤 때 도끼를 잡으면,

"아우님들은 가만히 계시우! 나는 배운 재주니까 하지 아우님들이 언제 그런 것을 해 봤겠소! 괜히 다치리다. 아우님들 할 일은 큰일이 있소! 내야 무슨 재주가 있소! 나는 큰일 할 아우님들을 위해서. 이까짓 것이 다 뭐요? 뼈를 깎아도 기쁘겠소이다."

감격한 어조로 말하면서 우리가 잡은 도끼를 빼앗았습니다. 장군과 나는 그의 감격한 표정과 감격한 말을 듣는 때마다 전신에 오르는 이상한 힘을 느꼈습니다.

우리는 우리의 몸을 우리의 사사로운 일을 위하여 그르치지나 않을까 하는 두려움을 느꼈습니다.

떠나가는 사람 · 3

그러한 두려움과 같이 큰일을 위하여 - 이백천이가 바라는 큰일을 위하여 우리의 목숨을 바치려고 더욱더욱 결심하고 맹서하였습니다.

이 맹서와 이 결심은 굳으면 굳어 갈수록 우리에게 큰 삶의 충동과 법열을 주었습니다.

이백천의 감화는 참으로 컸습니다.

모군꾼 상놈이라는 이름을 받고 세상의 버림을 받던 무지한 장정의 무지한 말은 유식 계급의 앞에만 머리를 수그리던 이 두 청년에게 무한한 감화를 주었습니다.

세 사람은 한 달이 넘어서 북만주의 한 귀퉁이에 있는 '소사허'라는 곳으로 갔습니다.

그때 소사허에는 조선 내지서 들어간 동포들이 삼백

명 가까이 있었읍니다. 이네들은 그 곳에 큰 학교를 세워 놓고 공부를 힘썼읍니다.

"공부를 하라. 큰일을 하려면 공부를 하라. 모르는 사람에게 성공이 없나니라."

이것이 그때 그네들의 표어이었읍니다. 큰일 큰일 하는 큰일이 별것이 아니라 잘 살도록 일하자는 것이었읍니다.

그네들은 한쪽으로는 가르치고 한쪽으로는 학교 후원회를 조직하여 가지고 조선 내지며 원근 동네를 다니면서 후원원(後援員)도 모으고 후원금도 모집하였읍니다.

소사허를 중심으로 북만주 한 귀퉁이에 사는 사람들은 거개 갑산, 무산, 회령, 온성 등지에서 이사 온 사람들이었읍니다.

그네들의 직업은 농사와 목축과 사냥이었읍니다. 그네들이 이 곳을 개척한 것은 팔구십 년 전(그때로부터)이었읍니다.

처음 황 관청이라는 무산 포수(茂山砲手)가 사슴을 따라서 이곳까지 와 보고 다시 무산으로 나가 뜻맞는 사람들을 데리고 이사왔읍니다.

이것이 개척의 처음이라고 합니다. 이렇게 팔구 십 년

동안을 살아오면서 조선이 어디 붙었는지 조선은 어떻게 되었는지도 모르면서 멀리 백두산을 바라보고 조선을 그리워하는 조선의 아들들이 또는 딸들이 엉키엉키 퍼졌읍니다.

이렇게 퍼져서 살던 동포들은 새로 오는 많은 동포를 보고 일변 기쁘면서도 일변 의심스럽고 겁이 났읍니다.

그러나 날이 가고 달이 오는 새에 그네들은 새 동포와 친하였고 새 동포의 감화를 받았읍니다.

우리가 소사허에 이른 때는 삼복 더위가 금방 지난 늦은 여름이었으나 여기는 어느새 첫 서리가 내렸읍니다.

쌀쌀한 바람을 무릅쓰고 단풍이 벌겋게 타는 높은 재를 넘어서 소사허 어구에 이른 때는 멀그므레한 해가 서산에 누엿누엿 넘어갈 때였읍니다.

우리는 어떤 움집 같은 귀틀집을 찾아 들어서 부르튼 발을 주물렀읍니다.

불도 없는 컴컴한 방에서 모래 언덕같이 우수수 흐트는 조밥을 게눈 감추듯 먹고 난 때이었읍니다.

"그 손님들이 어데 있소?"

하는 소리가 뜰에서 들렸읍니다.

우리는 공연히 가슴이 울렁울렁하면서도 그 말씨가 내지서 금방 들어온 사람이라 기쁘다는 것보다도 호기심이 났습니다.

"저 방에 있소. 꼬마!"

하는 주인의 대답이 끝나기도 전에 찌그러지고 만신창된 창문이 덜컥 열리더니 하늘빛에 '도리우찌' 쓴 것이 똑똑히 보이는 사람 하나가 들어왔습니다.

"평안하슈!"

하고 그는 문앞에 앉으면서 우리를 보았습니다.

괴상한 장정 · 1

그의 태도가 거만하다면 거만하고 쌀쌀하다면 쌀쌀하다고 할 말치 어울리지 않았습니다.

"네 안녕하시우?"

우리는 셋이 다 약속이나 한 듯이 말하였읍니다.

"어데서 오시오?"

그 소리는 역시 듣기에 아니꼬왔읍니다.

"우리는 내지에서 옵니다. 여기 계십니까?"

하고 사람 좋은 장일선군은 컴컴한 속을 통하여 그의 얼굴을 쳐다보았읍니다.

"네 있다면 있는 사람이지요. 그래 모두 뉘댁들이오?"

하더니,

"여보 영감! 불 없소? 불!"

하고 그는 소리를 쳤읍니다.
그 소리가 나서 조금 있다가 등대가 벽에 뚫어논 구멍으로 들어왔읍니다.

희미하고도 거물거리는 불빛에 어둠이 숨어진 방안은 꺼멓게 그으른벽 이라든지 먼지와 거미줄이 얼크러진 천정 이라든지 구름 자리를 깔아 놓은 방바닥이라든지 도야지 콧구멍보다도 더 추했읍니다.

그 태도가 아니꼽기는 하지만 장군은 먼저 입을 열어서 자기를 소개하였읍니다.

나와 이백천이도 입을 열었읍니다.

"노형은 누구시오?"

이백천이는 그렇지 않아도 사납게 보이는 찢어진 눈으로 그 사람을 건너다 보았읍니다.

그 사람은 구레나룻이 거칠거칠한데 긴 저고리를 입었읍니다. 성난 두꺼비의 배 같은 두 뺨, 흘끔 흘겨보는 눈은 감 사납게 보였읍니다. 둘이 다 녹록치 않은 장부들이라 가운데 흐르는 공기는 긴장하였읍니다.

그 낯빛들은 어디서나 움직하면 후닥툭탁 장비의 장판교 싸움이 연출될 판이외다. 나는 한바탕 그렇게 하는 것이 보고도 싶었으나 호기심보다도 겁이 더 났읍니다. 우리 편이 이겨도 상서로운 일이 아니요 저 편이 이겨도 기쁠 것은 없었읍니다.

어느 편이나 승전고를 울리려면 어느 한 편이 죽거나 죽지는 않아도 죽는 형용은 내게 되야 하겠으니 그렇게 되면 설령 개선가는 우리가 부른대도 기쁠 일이 아닙니다.

"그건 듣잖해도 알 때가 있지요. 그래 뭣하러 예까지 왔소?"

구레나룻은 퉁명스럽게 물었읍니다.

"그래 당신의 이름을 묻는 것이 잘못이오? 우리도 살러 왔소!"

이 쪽에서도 배짱을 울려나오는 소리였읍니다.

"살러?"
"그래요! 일!"
"살러?"

하고 구레나룻은 한 번 더 다지더니 옆구리에 손을 넣고,

"그래 너희들이 어제 '다수허'에서 잤지?"

풍운 급하게 되었읍니다. 백천의 주먹은 떨렸읍니다. 각일각 떨리는 주먹은 구레나룻의 말이 떨어지기도 바쁘게 선전 포고를 올리려 하였읍니다.

"형님 아이구 배야!"

나는 몸을 틀면서 이백천의 팔에 엎드렸읍니다. 그렇게 분을 내던 이백천이건만 역시 우리에게는 따뜻한 형님이었읍니다.

"응 아우님 또 뱃병나나?"

하고 그는 나를 안았읍니다. 내게는 이렇게 일어나는 뱃병이 있었읍니다.
그러나 이때 나는 꾀배를 앓았읍니다. 그 주먹을 진정시키려고.

"가자! 일어서라. 뻔뻔한 놈이 배는 무슨 배?"

하는 구레나룻은 어느새엔가 바른손에 권총을 쥐고 일어섰습니다.

활부처 · 1

권총을 본 나는 가슴이 덜컥했습니다.

더구나 그 총부리가 내 가슴을 향한 것^(내 눈에는 그렇게 보였다)을 보고는 질겁을 하도록 놀랬습니다.

이것을 본 이백천은 나를 얼른 옆으로 내려 놓고 아까와는 딴판으로 정중스럽게 일어나더니,

"갈 데가 어데요? 갑시다!"

하고 가만히 섰습니다.

그 뺨의 근육은 낯익은 내 눈에 몹시 뛰어 보였습니다.

"형님 우리도 갈라우!"
"응 아우님들은 여기 계시우!"
"아니어 다 가야지!"

그 사람의 말은 좀 누그러졌읍니다.

한 줄에 묶인 우리는 초생달을 밟으면서 십 리나 되는 학교 마을로 왔읍니다.

그 밤을 우리는 차디찬 방에 갇혀서 새웠읍니다.

이튿날 해돋이나 되어서 밖으로 질렀던 빗장을 뽑더니,

"여러분 안녕하십니까?"

하고 들어온 사람이 있었읍니다.

머리는 발갛게 깎았는데 둥글둥글한 이마는 쭉 벗어지고 하관이 좀 빠진데 붕긋한 코 큼직히 빛나는 눈은 옛날로 하면 친하기는 하여도 범하기는 어려운 사람으로 보였읍니다.

"나는 김창문이라고 합니다."

우리의 이름을 물은 그는 자기 소개를 친절하게 하였읍니다. 그는 평안도 사람이었읍니다.

그의 악센트는 분명히 평안도였읍니다. 다음에 내지 사정을 자세히 묻더니,

"또 뵙지요!"

하고 나갔읍니다.

"어때 위인이?"
"글쎄, 그런 것 같잖은데."
"무얼 저 '김 반장'은 뼈가 없어. 너무 사람이 좋아! 뭐 안 그래."

이런 소리가 창 밖에서 들렸읍니다.

듣고 보니 그는 우리의 동정을 살피러 왔던 모양이외 다.

우리는 우리가 비명에 걸렸다는 것을 직각했읍니다. 우 리는 슬펐읍니다. 슬프다는 것보다도 기가 막혔읍니다.

고생에 고생을 하고 찾아왔더니 동포들은 같은 동포들 을 이렇게 구박합니다. 눈벌판을 거쳐서 봄바람을 찾아들 었더니 우리에게는 봄바람이 불어 주지 않았읍니다.

나는 그만 설움이 북받쳤읍니다. 내 눈에는 모르게 눈 물이 괴였읍니다.

"아우님 왜 우오? 하늘이 무너져도 내 맘만 바르면 겁날 것 없소!"

이백천은 수심이 그득한 얼굴에 억지로 화기를 띠우나 흐르는 장군과 나의 눈물은 그치지 않았읍니다.

아침 후에 우리는 끌려 나왔읍니다. 밖에 나서니 사면이 산인데 내지에서는 듣도 보도 못 하던 서리 물든 살림이 빽빽히 섰읍니다.

그런 산들이 둘러서 사발처럼 된 속에 집들을 지었는데 이리 들어오면서는 보기 드문 큰 귀틀집이 동편으로 앉았읍니다. 그것이 학교였읍니다.

우리는 그 학교 앞에 있는 여염집으로서는 그리 작지 않은 귀틀집으로 들어갔읍니다. 사간이나 되는 방은 물론 도배를 했을 리가 없었읍니다.

바로 문에 들어서서 맞바라보이는 쪽으로 점잖은 늙은이가 수염을 쓸고 앉았고 그 좌우로 땟국이 흐르는 바지저고리를 입은 머리 깎은 사람들이 앉았읍니다.

우리는 바로 문앞에 꿇어앉았읍니다.

"그래 내지에서 언제 떠났어?"

알고 보니 우리는 심문을 받는 것이었습니다.

활부처 · 2

우리는 이렇게 십여 일을 두고 문초를 받았습니다. 옛날식에 신식을 좀 가미한 초사는 참말 견디기 어려웠습니다.

우리를 X적단의 정탐꾼으로 보았던 까닭이었습니다. 우리가 이곳에 이르던 안날 X적의 정탐꾼 셋이 이곳에 들었다가 도망질치는 것을 보고 자위단 군인들이 쫓아갔으나 적탄에 쫓던 군인만 한 사람을 잃었을 뿐이었습니다.

그 이튿날 탐문하니 우리가 지나온 다수허에서 우리가 이곳에 이르던 새벽에 괴상한 사람을 셋이나 보았다고 보고가 들어왔습니다.

X적의 정탐은 대개 조선 사람이 많았습니다. 그네들은 몇 푼 돈에 팔려서 같은 - 피를 같이한 사람의 목숨을 빼앗았습니다.

우리 세 사람은 그러한 혐의를 받았습니다. 우리는 매도 맞을 대로 맞고 옆구리에 권총의 위협도 받을 대로 받았습니다.

우리는 태산같이 바라고 갔던 그네들이 원망스러웠다가도 그것도 처지를 같이한 사람이 처지를 같이한 사람들을 위해서 하는 일이거니 생각하는 때면 모든 원망이 스르르 풀리기도 하였습니다.

이렇게 오륙 일을 두고 초사를 받을 때 우리 앞에 나타난 활부처가 있었습니다.

그것은 내가 아니 우리가 지금까지 또는 영원히 잊지 못할 조병구였습니다.

그는 그때 학교 후원금을 모집하는 후원반 반장이었습니다. 그가 우리 앞에 나타난 것은 동부 후원반의 반장으로 나갔다가 돌아온 때였습니다.

그는 머리를 중같이 홀랑 깎고 수염을 기른 사람인데 넓적한 코와 크고 두툼한 입술은 평범하게 보였으나 쑥 내민 이마 아래 열정적으로 움직이는 조그만한 눈은 사람을 끄는 힘이 있었습니다.

그는 이곳에서 신임하는 사람이었습니다. 그가 오던 날 우리의 초사를 듣더니 그날 저녁편에는 우리를 끌고 자기 집으로 갔습니다.

"저 조 반장이 보증을 하니 우리는 믿고 그대들을 내

보내오. 이것도 우리가 그대들을 미워서 한 일이 아닌 줄은 알겠지요."

하는 훈계를 받고 조반장의 집으로 갔읍니다.

"얼마나 고생을 하셨읍니까? 아무쪼록 노여 마시고 같은 일꾼이 되어 주십시오!"

하고 조 반장은 우리를 친절하게 위로해 주었읍니다. 우리는 어떻게 반가운지 눈물이 흘렀읍니다.

"이 재생의 대은은 어떻게 갚을는지. 나는. 나는 내 목숨보다도 저 두 아우님을 생각하고."

이백천은 사례를 하다 말고 울었읍니다. 그는 성을 대도 무섭게 내는 모양으로 울음을 내도 무섭게 내는 사람이었읍니다.

그는 목구멍으로 나오는 울음 소리를 참아 가면서 조반장의 손을 잡고 울었읍니다. 나도 울고 장군도 울고 조 반장도 울었읍니다.

이 울음은 은혜를 생각하는 울음이라는 것보다도 피차간 처지와 처지를 생각하고 같은 처지 같은 환경에서 같은 설움이 복받치는 것이었습니다.

이 눈 저 눈으로 흘러 떨어지는 울음은 아까까지도 몰랐던 조 반장과 우리의 마음을 한데 모아 다지는 듯 하였습니다.

이 뒤에 이 네 사람이 지낸 것을 보면 초면 인사 뒤에 울은 말 없는 울음은 피차의 마음을 결탁시킨 묵계이었습니다.

어느새 넘어가는 붉은 볕은 창을 물들였습니다. 울음이 지나간 뒤 석양에 밝은 방안은 따분한 침묵에 싸였습니다.

개척자 · 1

우리는 조병구의 집에서 저녁을 먹었읍니다. 역시 모래 언덕같이 우수수하는 조밥이지만 집을 떠난 뒤로는 이렇게 깨끗이 이렇게 정답게 지어주는 밥은 처음이었읍니다.

따뜻이 데워 주는 물에 손발을 씻고 저녁을 먹고 나서 초겨울 그믐달이 서창을 처량히 비추일 때까지 이야기를 하다가 따뜻한 구들에 드러누었습니다.

고국을 떠난 뒤로 편안한 자리를 못 얻었고 정다운 말을 못 들어 보다가 이제 심금을 기쁘게 풀고 따뜻한 자리에 누우니 맛있는 잠이 소르르 오리라고 믿었는데 오라는 잠은 오지 않고 여러 가지 생각이 머릿속에서 줄달음을 쳤습니다.

곁에 누운 이백천과 장일선이도 눈은 감았으나 역시 생각을 하는지 부시럭거렸습니다.

나는 억지로 눈을 감아도 보고 또는 쓸쓸한 새벽 달빛에 마른 나뭇가지가 묵화처럼 비추인 창문을 바라보기도 하다가 어찌어찌 고국을 그리는 꿈속에 들어섰습니다.

이튿날부터 우리는 조병구의 집에서 숙식하게 되었습니다.

조병구의 식구로는 늙은 아버지와 삼십 못 된 아내와 일곱 살되는 어린 것이 있었습니다. 그가 이곳으로 온 것은 십삼 년 전^(그때로부터)이었습니다.

그의 할아버지는 경상도에 이름 있는 학자로서 우리의 산하가 휘우뚝거릴 때에 나라에 상소에 상소를 거듭 올려도 되지 않으니까 XX때 나섰다가 X탄을 받고 말았습니다.

그런 뒤 그 아들 조병구의 아버지는 이곳까지 들어왔

31

읍니다.

"아버지 어머니를 모시고 우리가 이 땅으로 처음 들어
올 때는 길이 없어서 말을 몰 수가 없었소. 지금은 참 낙양
이 되었소마는 그때는 이 동리에 집이라고는 저 집 건너편
박 관청의 집밖에는 없었읍니다. 들어온 이듬해에 어머니가
돌아가셨는데!"

조병구의 회고담 속에는 이런 구절이 가끔가끔 나왔읍
니다. 그의 아버지는 지금도 이곳에서 교육 사업을 힘쓰고
있지만 이곳에서 글 잘하고 가르치게 된 것은 그의 아버지
가 처음이라 합니다.

지금도 여기 사람들 가운데는 글방에 다니는 자제들
이,

"붓을 사 주셔요!"

하면

"작년에 산 붓을 벌써 다 썼단 말이냐? 나는 호미 한

자루를 오륙 년이나 썼는데."

　하고 붓 한 자루를 여러 해 쓰지 않는다고 꾸짖는 부모가 있다 합니다. 또 그리고 자식을 글방에 보낸 지 한 달이 못 되어서 편지를 쓰라고 조르는 이들도 있다고 들었읍니다.

　이런 곳에서 삼십 년이나 종시여일하게 정성과 열성을 다하여 교육 사업에 분주한 그네의 사업을 생각하는 때 내 가슴에는 나로도 모를 거룩한 생각이 용솟음쳤읍니다. 그 얼마나 위대한 사업입니까.

　그의 사업은 흙속에 묻힌 황금과 같이 남의 눈을 부시지는 못하였다 하더라도 무형한 가운데 힘 쌓아 놓은 그의 힘은 어찌 장차 천지를 뒤흔들던 위대한 힘의 씨가 아니라고 하겠읍니까.

　그의 아버지는 조용한 때마다 조병구를 불러놓고,

　"너는 와석종신을 말아라. 네 할아버지는 어떻게 돌아가셨다는 것을 우리 부자는 잊지 말아야 한다. 너는 내 아들이요 XX의 아들이거든 와석종신을 말아라."

하고 피나게 훈계를 주었읍니다.

개척자 · 2

조병구의 정성과 정열도 그 아버지만 못하지 않았읍니다. 그는 봄 여름 가을은 농사와 아편과 산삼으로 벌이를 하고 겨울이면 학교 사업에 몸을 바쳤읍니다.

그의 벌어 놓은 재산의 구분(九分)은 전부 남을 먹이고 입히고 가르치는 데 바쳤읍니다. 그때 그의 집에는 우리 셋 밖에 또 학생 다섯이 있었읍니다.

이런 친구와 같이 손을 엇걸게 된 우리의 기쁨은 참으로 컸읍니다.

우리는 이렇게 며칠 있다가 각각 학교 일을 맡아 하게 되었읍니다. 장일선은 글씨를 잘 쓰므로 학교에서 발행하는 등사판 잡지의 서역을 맡고 나는 수판을 잘놓으므로 학교 회계를 맡았고 이백천은 통신부의 감독이 되었읍니다.

"제가 감독이 무엡니까? 저는 인부꾼 노릇을 하던 놈인데 감독이 무엡니까? 저는 나무나 쪼개고 다른 심부름을 하겠읍니다."

34

하고 이백천은 사양을 하였으나,

"이 선생은 감독이 적당합니다. 인부꾼이 아니라 종 노릇을 했던들 무슨 상관이오? 당신같이 부지런하시고 억센 어른이라야 감독의 자격이 있는 것입니다."

하고 조병구는 곁에서 억지로 밀어 맡겼습니다. 나는 조병구의 지인지감에 눈물이 났습니다.

이렇게 얼마 지내는 사이에 겨울은 깊어 갔습니다.

깊은 겨울부터 장일선군은 그대로 있었고 나와 이백천 형은 소임을 갈고 다른 것을 맡게 되었으니 나는 동부 후원반의 반원이 되어 조병구의 지휘를 받게 하고 이백천형은 북부 후원반의 반원이 되어서 학교 후원금 모집차 떠났습니다.

"잘 단겨 오게!"
"어이 잘들 가게!"

중대한 책임을 등에 지고 각각 자기의 반을 따라 흩어지는 동부, 서부, 북부, 남부 부원들의 작별하는 말은 이렇게 간단하였습니다.

험한 길에 어디서 어떻게 되는지 죽음이라는 것을 미리 각오한 사람들의 가슴이나 앞길의 걱정이 없지는 않았습니다.

그러나 모두 그 근심 걱정을 표시하는 사람은 없었습니다. 웃음 속에 싸인 수심은 참으로 가슴을 찢는 것이었습니다.

우리의 후원반원은 칠 인, 거기에 반장인 조병구까지 합치면 팔 인. 이 팔인은 한결같이 개가죽 모자에 우차꾼의 옷 같은 옷을 입고 발감개에 미투리를 신었습니다.

서로 한날 한시 한곳에서 나지는 않았을망정, 사생을 같이하게 된 동무들이라 그 친분은 친분이란 말로써는 도저히 형용할 수 없었습니다.

우리는 일주일 뒤에 목적한 구역으로 이르렀습니다.

때는 깊은 겨울이라 서백리아의 눈벌을 스쳐서 다시 만주의 눈을 불어오는 모진 바람은 온누리를 얼음 속에 몰아넣어서 언 땅 터지는 소리가 깊은 밤 공기를 처량히 울렸습니다.

우리는 입가에 맺히는 고드름을 뜯으면서 찾을 만한 사람과 유력한 단체를 찾아 다녔습니다. 이것은 공공연하게 하지 못하였습니다.

여러분도 아시는 바와 같이 여기는 도적이 많은 관계로 소문나는 것을 두려워하였습니다.

은근히 연락을 취하여 가지고 은근히 말을 내었습니다.

"우리는 소사허 학교의 후원반이외다. 큰일을 위하여서는 공부가 필요한 것인 것을 잘 아시는 바요 또 여러분께서도 힘쓰는 바이지만 역시 일을 하자면 힘이 있어야 할 것입니다. 우리는 여러 동포의 뜨거운 사랑을 바랍니다."

이것이 우리를 대표한 반장 조병구가 어떤 단체나 사람에게 처음으로 드리는 말이었습니다.

눈보라 · 1

그리고 그는 말을 이었습니다.

"우리는 여러분의 뜨거운 사랑과 굳은 결속을 바랍니다. 이것은 우리 몇 사람의 바람이 아니요 적어도 우리 동포의 큰일을 위하여 노력하는 한 단체인 소사허 학교를 대표한 바람이올시다.

우리 처지는 더 말씀치 않으셔도 여러분은 잘 아실 줄 믿습니다. 고토를 버리고 남부 여대로 강을 건너서는 동포나 그렇지 않은 동포나 다 함께 매서운 폭풍우 속에서 지내고 있읍니다.

우리도 사람이외다. 우리도 눈코가 바로 박힌 사람이건만 우리는 사람들께서 사람의 대접을 받지 못합니다. 우리도 사람의 권리와 의무를 가져야 하겠읍니다.

그러도록 큰일을 해야 하겠읍니다.

여러분은 결속합시다. 뜨거운 사랑으로써 동포를 위합시다. 우리의 재산은 이것뿐이외다. 우리는 섶에 누워서 담을 맛보아야 할 것입니다.

우리는 여러분의 뜨거운 사랑과 굳은 결속을 강권치 않습니다. 여러분에게는 그러한 권리와 의무가 처지를 같이하고 환경을 같이하고 설움을 같이하고 이상을 같이한 여러분에게는 그러한 의무와 권리가 있는 것입니다."

조 반장의 이야기 뜻은 대개 이러하였읍니다. 정중하게 앉아서 나직나직 하나 콘크리트판에 쇳덩어리를 굴리는 듯한 그의 힘있는 소리는 눈물이 섞이고도 흐트러지지 않고 뜨거웁고도 가을 서리 같은 위엄이 있어서 듣는 사람의 가슴에 뜨거운 불과 무거운 쇳덩어리를 들이치는 것과 같았습니다.

나의 무딘 붓과 나의 희미한 기억은 그의 이야기 그대로를 옮기지 못하는 것이 동포를 위하여서든지 고인을 위하여서든지 미안하기 그지없읍니다.

나는 이렇게 다니는 때 조 반장의 인격의 비범한 것을 더욱 느꼈읍니다.

그는 어떤 집에를 들든지 새벽이면 마당을 쓸고 저녁이면 주인과 같이 새끼도 꼬고 신도 삼았읍니다. 나는 처음에는 그것이 일종의 권도나 아닌가 하는 의심도 없지 않았으나 종시여일하게 괴로와하지 않고 하여 나가는 그를 볼 때 그것을 의심하던 내가 도리어 부끄러웠읍니다.

그것은 일상의 범범한 일이었으나 우리에게 주는 감화가 비상히 컸읍니다. 우리는 여기서 말로써 주는 감화보다 몸소 주는 감화가 크다는 것을 절실히 느꼈읍니다.

그는 이렇게 범하기 무서우면서도 친하기 쉬운 사람이었읍니다. 우리가 괴로와하는 때면 우스운 소리로 우리를 위로하였고 우리가 슬퍼하는 때면 기쁜 소리로 우리를 위로하였읍니다.

우리는 이렇게 넉 달을 다니다가 그 이듬해 이월 하순에 돌아섰습니다.

음력으로 이월 하순이니 조선 내지 같으면 얼음이 풀리고 밭을 갈 때가 되지만 여기는 겨울 바람이 그저 스치었읍니다.

어떤 동포의 덕택으로 떠날 때에 입었던 우차꾼의 옷과 발감개 미투리를 벗고 중국 옷에 '울레' 를 신은 우리들은 이번 길의 성공을 서로 축복하면서 눈길을 밟고 돌아섰읍니다.

첫 날은 팔십 리 무인지경을 걸어서 어떤 중국 사람의 객주에서 자고 이튿날은 일백 이십 리 무인지경을 걸어서 어떤 중국 사람의 농막에서 자고 떠났읍니다.

사흘되는 날은 눈과 바람이 몹시 쳐서 지척을 분간할 수가 없었읍니다. 아침부터 눈보라가 이렇게 쳤다면 하루 묵기라도 하였을 터이니 집을 떠나 중로에서 눈보라를 만나니 서너 걸음만 앞서도 보이지 않도록 빽빽한 나무 속이요 험한 산길이라 앞이 캄캄하였읍니다.

하늘에서 떨어지는 눈만 해도 굉장한 판인데 모진 바람이 불어서 나뭇가지의 눈과 산봉우리의 눈까지 불리이

니 숨이 막히고 길은 미끄러워서 걸음을 걷는 것이 아니라 눈보라와 씨름을 하게 되었습니다. [미완]

2장

5원(圓) 75전(錢)

· ·

장안에 궂은비 내리고 삼각산에 첫눈이 쌓이던 날이었다.

나는 왼종일 엎드려서 신문, 잡지, 원고지와 씨름을 하였다.

마음은 묵직하고 머리가 띵한 것이 무엇을 읽어도 눈에 들지 않고 붓을 잡아도 역시 무엇이 써질 듯하면서 써지지 않았다.

나중에는 화가 더럭더럭 나서 보던 잡지로 낯을 가리고 누워 버렸다.

눈을 감았으나 졸음이 올 리가 없다.

끝도 없고 머리도 없는 여러 가지 생각이 떠올라서는 터져 버리고 떠올라서는 터져 버렸다.

생각의 실마리가 흐트러지고 그것이 현실과 항상 뒤바

뛰는 것을 느끼게 되면 가슴이 갑갑하고 누웠던 자리까지 배기는 듯이 편안치 않았다.

그만 벌떡 일어났다. 일어났으나 또한 별 수 없었다.

바깥 날이 흐리니 방안은 어두컴컴하여 침울한 기분을 한껏 돋우었다.

비는 개었는지 밖은 고요하였다.

나는 책상 위에 손을 얹고, 멀거니 앉아서 창문만 보고 있었다.

"나리!"

나지막한 소리가 밖에서 들렸다.

"나리 계세요?"

아까보다 좀 높게 불렀다.

그러나 어디서든지 맞장구를 쳐주지 않았다.

그런데 그 소리는 바로 내 방 창문 앞에서 울렸다.

나는 그것이 누구의 소리인 것을 알았다.

"김 주사 나리! 허허."

이번에는 흐릿한 창문에 어둑한 그림자를 묵직 실으면서 더 가까이 와서 불렀다.
나는 나를

"나리"

하고 찾을 리는 만무하다 하면서도 미닫이를 슥 열었다.
그것은 주인이었다.

"허허허."

툇마루에 비스듬히 올라앉아서 두 손으로 마룻바닥을 짚고 나를 보는 주인은 어색한 웃음을 지었다.
나는 벌써 그 웃음의 뜻을 알았다.
그러나 짐짓 모르는 체하고,

"무슨 일이 있어요?"

정색하여 물었다.

주인은 아첨 비슷하게 싱긋 웃더니 말하기 어려운 듯이 머뭇머뭇하였다.

나 역시 다시 입을 못 벌리고 미닫이 고리를 잡은 채 주인을 보고 빙그레 웃었다.

나는 낯이 근질근질함을 깨달았다.

나는 한참 만에 겨우 입을 열었다.

"무슨 말씀이에요?"

"허. 이것 참 큰일났읍니다."

"왜요?"

"지금 종로에 나갔다 들어오니 저놈의 자식들이 전기를 끊어 놓고 갔어요! 하."

선웃음치는 주인의 낯에는 그윽한 어두움이 흘렀다.

"전기를 끊다니요?"

"글쎄 지난 달 전기세를 여태까지 못 갚았지요! 그것도 여러 달이면 모르겠지만 겨우 한 달을 밀렸는데 다시 와서 재촉도 없이 끊어 버렸읍니다. 그것도 제가 있었으면 말마

디나 했겠지만 안에서들만 있는데. 왔으니. 허. 이거 저녁에 불을 못 보겠으니 이런 큰일이 없읍니다."

주인은 팔짱을 끼고 퇴기둥에 기대어 앉아서 하늘을 쳐다보았다.

"그것 참 안되었읍니다."

나는 문을 닫지도 못하고 시원한 대답을 주지 못하였다.

은연한 주인의 말 가운데는 요구 조건이 있긴 하지만 지갑이 쇠$^{(金)}$냄새 맡은 지가 하도 오래된 판이니 그 요구를 들을 수 없었다.

들을 수 없다고 거절할 수도 없었다.
그렇다고 나가 버릴 수도 없었다.

"허. 그놈의 난장이 같은 일본 놈이 제게다가 전기 청원을 안 했다고 앙심을 먹었단 말에요?"

"앙심은 왜?"

"그 놈에게 말하면 그 놈이 의뢰금 얼마를 먹지요! 그
것이 미워서 회사에 직접 말했더니 그 놈이 앙심을 먹었단
말씀이지요! 이놈에 세상,"

주인은 서리고 서렸던 분을 한꺼번에 쏘칠 듯이 혼자
언성을 높였다 낮추었다 하면서 한탄 비스듬히 뿜었다.

"세상이란 그런 게지요!"

정작 책임을 지어야 할 나는 남의 소리하듯 쓸쓸히 대
답하였다.

"좀 어떻게 변통할 수 없을까요. 허"

주인은 화제를 슬쩍 변하여 나를 보았다.

나는 벌써 그 소리가 나올 줄로 짐작하지 않은 것이
아니지만 주인의 시선이 내 낯을 스칠 때 머리가 저절로 숙
여졌다.

네! 하자니 거짓말이 되겠고, 아니! 하자니 이제는 입이

떨어지지 않았다.

"글쎄 어떻게 하누?"

나는 주인의 시선을 피하여 방안을 보면서 겨우 한 마디 하였다.
가슴이 맥맥한 것이 획책이 없었다.

"흥!"

나를 보던 주인은 어이없는 코웃음을 쳤다.

"네가 그럴 테지!"

그 웃음은 나를 비웃는 듯이 들렸다. 나는 더욱 무색하였다.
이때까지 내가 가졌던 모든 자존은 그만 이 순간에다 깨뜨려져 버리었다.
아무 권리가 없었다.

"좀 어떻게 변통을 해 보세요!"

주인의 소리는 사형 선고같이 들렸다.

나는 온몸이 장판속으로 자지러져드는 듯 했다.

벌써 몇 달이냐 3, 4삭이 되도록 동전 한푼 이렇다는 말없이 파먹어 주었으니 이제는 주인볼 면목이 없었다.

선금을 준다고 와 놓고 한 달 두 달 이렇게 넉달이나 버텨 오니 주인인들 갑갑하지 않을 수 없었다.

×사에서 5, 60원 받을 것이 있으나 오늘 내일 하고 그 것조차 얼른 주지 않으니 나도 속이려고 해서 속인 것은 아니지만 근질근질하고 마음이 조리조리해서 세 끼 밥상 받는 때마다 살이 쪽쪽 내리는 듯 하였다.

사실 살이 내리지 않은 것은 아니었다.

이 3, 4삭 사이에 눈이 꺼지고 불이 들어가서 보는 사람마다 중병 앓았느냐고 물었다.

주인이 넉넉하거나 우락부락한 처지 같으면 사정도 하여 보고 뱃심도 부려 보겠지만 그도 퍽 간구한 형세요 극히 온순한 사람이었다.

또 나(日)라는 위인이 그렇게 뱃심이 든든치 못한 터이니 밤낮 은근히 마음만 골릴뿐이었다.

이렇게 3, 4삭이나 끌어오되 주인은 첫날이 막날같이 내게 대해서 꼴 한번 찡기지 않았다.

어떤 때 내가 쓸쓸히 앉았으면 담배까지 사다 주었다.

그나마 그 뿐인가? 신던 양말까지 깨끗이 빨아 놓았다.

피차 같은 사람으로 누구는 먹고 누구는 지어 주며 누구는 부리고 누구는 부리우라는 패를 채었으랴?

그런 것 저런 것 다 생각하면 생각할수록 내 양심은 아팠다.

창밖에 빚꾼들이 모여 와서 주인을 땅땅 조르는 때면 내 기운은 더욱 줄어졌다.

나와 아무 상관 없는 빚꾼들까지 나를 노리는 듯하고 그네들께 쪼들려서 하늘만 쳐다보는 주인의 낮이 보기가 괴로와서 그런 때면 변소에 가는 것까지 주저거렸다.

이렇게 되니 무슨 일이 손에 잡히랴. 그렇다고 방안에 자빠져 있을 수도 없고 밖으로 나갈 수도 없었다.

집에 박혀서 꾸물꾸물 날을 보내면 일하기 싫어하는 부랑자패 같기도 해서 주인 보기가 더 안됐고 어디 나갔다 들어오면 행여나 해서 방에 슬그니 따라 들어와서 눈치만 슬몃슬몃 보는 주인의 낮은 더 볼 수 없었다.

죽도록 빌어준 것도 끌기만 하면서 주지 않고 나 때문

에 돈 변통을 다니던 B까지 절망이 되는 바람에 나는 아주 두문불출할 작정으로 변소 출입 외에는 밖으로 나가지 않았다.

이렇게 들어앉으니 공상만 펄펄 자라갔다.

하루에도 머릿속에 청기와집 몇 백 개씩 지어 보는지 알 수 없었다.

그러나 눈을 번쩍 뜨면 그 모든 것이 돋아 오르는 햇발에 스러지는 안개가 되어 버리고 어디까지든지 현실은 현실이라는 느낌이 머리를 치는 때면 모면할 수 없는 험악한 운명이 큰 물결같이 금방 목을 덮는 것 같아서 퍽 불쾌하고 괴로웠다.

이런 때면 내게는 예술도 종교도 철학도 국가도 인류도 부모도 처자도 없었다.

다만 내 앞을 가로막은 그 이상한 빗장밖에 없었다.

그래도 버릇을 버리지 못하여 책을 집어들거나 원고지를 대하면 무엇을 읽었는지 무엇을 쓰려고 했던지 막연할 뿐이었다.

역시 떠오르는 것은 현재 내 앞을 엇결은 빗장이었다.

이렇게 될수록 주인의 낯보기가 더욱 싫었다.

문 밖에는 그의 음성만 들려도 괜히 신경이 들먹거렸

다.

그리고 안에서들까지 음식 범절에 등한히 하는 것같이 생각되었다.

사실 주인은 어떤 때,

"오늘은 좀 어떻게 해 주셔야 하겠읍니다."

하다가도,

"글쎄 됨데서 되지 않아서 그럽니다."

내가 말하면 더 말하지는 않아도 낯빛이 좋지 않았다.

그때마다 주인은 나보다 몇 층 위에 앉은 듯이 쳐다보았다.

주인이 낯을 쳐다볼 때마다 그는 나를 내려누르고 내 몸을 얽는 무엇 같아서 나중은 주인과 나 사이가 점점 멀어져서 절교한 벗 사이같이 허성허성함을 깨달았다.

어떤 때 다른 할 말이 있어도 나는 주저거리고 입을 못 열었다.

밖에 나서면 길바닥에 깔린 돌까지 아무 권리와 세력

없는 나를 비웃고 꾸짖는 듯 하였다.

이렇든 판에 주인의 전기 타령이 나왔다.

"글쎄 그러면 이를 어쩝니까?"

주인의 낯에는 웃음이 스러졌다.

"글쎄 그것 안됐구려!"

나는 연방 안됐구려만 불렀다.
주인은 이마를 찡그렸다.

"이것 불을 켜야 안 쓰겠읍니까?"

주인은 더 못 참겠다는 듯이 울듯울듯한 소리 속에 불
평이 그득 흘렀다.

나는 아무 말없이 문턱에 팔을 괴이고 하늘을 쳐다보
았다.

잔뜩 찌푸린 날씨가 또 무엇이 올 것 같다. 바람은 없
으나 쌀쌀한 기운이 뼈를 찔렀다.

"좀 어디 나가 보세요! 오 원 칠십 오 전이에요."

오르는 불평을 억제하려고 하면서도 억제치 못하여 주인의 말은 떨렸다.

"글쎄 보시는 형편에 지금 어디가서 육 원 돈이나 얻는단 말씀입니까?"

나는 너무도 어이없는 김에 이렇게 말하였다. 주인은 그래도 이제는 더 어쩔 수 없다는 듯이 조른다.

"좀 나가 보세요! ×사에 가 보시든지."

내가 너무도 미안쩍어서,

"×사에서 요즘은 될 터인데!"

하고, 주인을 대할 때마다 뇌였고 또 어디 나갔다 들어올 때면,

"×사에 갔다 온다."

고 하여 나도 밥값 때문에 상당히 고심한다는 자취를 보이느라고 애쓴 것이 여러 번이었다.

그 때문에 주인은 ×사 타령을 끄집어낸 것이다.

"글쎄 ×사에도 이제 시간이 다 지난 다음에 가면 뭘 합니까?"

"그러면 이 밤을 어떡합니까? 전기를 끊어놓았으니."

주인은 기막히다는 듯이 울적 소리를 높이더니 다시 언성을 낮추어서,

"그래도 나리야 좀 변통을 해 보세요!"

하는 것은 마치 돈 받으려는 사람이 돈 꾸러온 사람 같았다.

그것을 보니 나는 알 수 없이 가슴이 쯔르르 하였다.

"글쎄 못 돼요! 내일 봅시다. 네. 좀 참으세요, 허허."

나는 선웃음을 쳤다.

"내일? 이 밤은 어떡하구요?"

주인은 어이없다는 눈초리로 나를 보았다.

"밤에는 초를 사다 켭시다. 흥!"

나도 내 소리에 우스워서 흥! 하여 버렸다.

"하. 초 살 돈이나 있읍니까?"

주인은 입을 딱 벌렸다.

"글쎄 지금 없는 돈을 어디서 변통한다는 말이오!"
"없다니요. 그러면 어떡해요?"
"없는 것을 없다고 안 하고 그래 있다고 해야 옳단 말이오?"

나는 짜증을 벌컥 내면서 벌떡 일어서서 모자를 집어

썼다.

주인은 아무 소리 없이 어색히 웃으면서 축대에 내려서는 나를 쳐다보았다.

큰일이나 한 듯이 소리를 고래고래 지르고 나오기는 하였으나 갈 데가 어디냐? 길 잃은 시골뜨기처럼 질적한 다방골 골목을 어청어청 헤어 나왔으나 내 정신으로 내가 걷는 것 같지 않았다.

멋없이 짜증낸 것을 생각하니 나로도 우스웠다.

더구나 멀슥해서 쳐다보던 주인의 얼굴이 떠올라서 부끄럽고 미안스러웠다.

연세로 봐서 내게는 아버지 뻘이나 되는 이가 무엇 때문에 나리나리하고 아첨을 한담? 나는 알수 없이 가슴이 뻐근하였다.

어디 가서든지 돈을 얻어야! 하고 혼자 결심을 했지만 결국 갈 데가 없다.

물인지 땅인 모르고 어청어청 종로 네거리까지 나왔을 때 머리에 언뜻 B군이 떠올랐다.

B군은 나와 같은 고향 사람이고 또 나의 동창이다.

그가 일본 가는 길에 서울 잠깐 들렀었다.

나는 그를 찾아가려고 발을 서대문 쪽으로 돌렸다.

어느새 전등은 눈을 떴다.

질적한 거리는 번쩍번쩍 빛났다.

컴컴할 하숙을 생각하니 마음이 더 졸여서 부리나케 걸었다.

그러나 남의 노자를 잘라쓰고 얼른 채워 놓지 못하는 날이면 길이 체연될 것을 생각하니 발이 떨어지지 않았다.

"이 사람 내일이나 모레 줄 테니 자네 돈 오 원만 취해 주게. 응.

지금 급하니."

B군은 쾌히 승낙하였다.

하늘을 가졌으면 이에서 더 기쁘며 땅을 맡았으면 이에서 더 좋으랴?

나는 의기양양하게 하숙으로 향하였다.

나는 전등이 꺼져서 껌껌한 문간을 지나 들어갔다.

마당은 컴컴하였다.

두어방 미닫이에 비친 불빛은 꺼불꺼불하였다.

어느 때는 어디 나갔다도 슬그니 들어오던 나는 기침을 하면서 내 방문을 열었다.

컴컴한 방 속에서 누릿한 장판 냄새가 흘러 나왔다.

주인은 따라 나와서 초에 불을 켰다.

"아 김 주사 용서하세요? 제 홧김에 불쾌한 소리를."

주인은 아까 일이 미안스럽다는 사과를 하였다.

나는 도리어 낯이 후끈하였다.

"아니요! 천만에. 제야 참 제 홧김에 괜히."

하면서 나는 오 원 지폐를 주인의 손에 쥐었다.

주인은 벙끗 웃었다.

"아무쪼록 노여워 마세요. 하하."

"하하 천만에 말씀을 하십니다."

주인도 나와 같이 웃었다.

이 찰나! 주인과 나 사이에 가로질렀던 담벽이 툭 터져서 더욱 가까워진 듯 하였다.

아까 피차 찌그리던 낯은 티만치도 찾을 수 없었다.

아아 단돈 오 원이로구나!

나는 이렇게 생각할 제 가슴이 찌르르하여 눈물이 핑 돌았다.

또 다시 내일이나 모레 주마. B군에게 한 말이 떠올라서 이마를 찡그리지 않을 수 없었다.

3장

미치광이

1

벌써 4년 전 일입니다. (어떤 자는 말하였다.)

나는 백두산 뒤 청석하라는 조그마한 촌에 살았읍니다.

그때 우리 집은 뒤에 절벽이 있고 앞에 맑은 시내가 있는 사이에 외따로 있었읍니다.

형제가 없는 나는 늘 우리 집에 있는 농군과 함께 김도 매고 소도 먹이면서 아주 재미있게 지내었읍니다.

그리고 사이만 있으면 처가로 갔었읍니다.

내가 가면 장모께서는

"사위, 사위"

하시면서 떡도 해 주고 엿도 다려 줍니다.

그리고 장인께서는 낮이면 밖으로 나가시고 밤이면 이웃에 가서 장기나 두시다가 잘 때나 돌아오십니다.

그런 까닭으로 집에서는 아버지의 책망이 두려워서 기를 못 펴던 나는 처가에만 가게 되면 뛰고 소리치고 바로 내 세상이 되지요. 그러므로 나는 처가에 가기를 늘 즐겨하였습니다.

집에서도 처가에 간다면 책망이 없습니다.

첫 여름 흐뭇히 더운 어떤 날이었습니다.

보리밭 밀밭 조밭 김도 아시가 지나고 후치 질까지 다 필한 나는 말과 소는 농군에게 먹이라고 부탁하고 처가로 갔습니다.

처가는 우리 집에서 이십 리나 북쪽으로 더 가서 달리소라는 곳에 있었습니다.

아침을 먹고 해가 퍼져서 나는 감발을 하고 막대를 끌고 집을 떠났습니다.

이곳은 삼림이 울창하고 풀이 우거졌고 물고인 진창이 많아서 발감개를 하지 않고는 다닐 수 없습니다.

그리고 군데 군데 중국사람 집에 사나운 개가 어찌 많은지 몽둥이 없이는 다닐 수 없습니다.

65

안팎 십 리나 되는 우리 집 뒤영을 타들덕거리면서 넘었습니다.

이 영을 넘으면 무성한 나무 그늘 속 그리 크지 않은 시냇가에 연하여 쓰러져 가는 초가집들이 있습니다.

이것은 '백하구상'이라는 동리입니다.

나는 어느새 백하구상을 지났습니다.

그리하여 양장 같은 냇가 돌길로 찌찌한 풀내를 맡으면서 백하구상이란 곳에 다다랐습니다.

이곳은 흑룡강과 백하가 합수되는 곳입니다.

나의 처당은 흑룡강을 건너서 있습니다.

나는 중국 사람의 구유같은 통궁이 배를 타고 높고도 험한 벼랑 앞 순하고 깊은 물을 돌아 건넜습니다.

강안에 내린 나는 푸른 버들 속을 지나 경사가 완완한 옥수수밭 옆길에 올라섰습니다.

얼른 보기에는 산 같지 않게 완완한 산중턱에 외따로 놓인 처가가 퍼 - 런 기장밭 저편에 보였습니다.

나는 다리 아픈 것도 잊어버리고 걸음을 바삐하는데 바람결에 이상스러운 소리가 들립니다.

이때 나의 신경은 긴장하였습니다. 나는 발을 멈추고 가만히 섰습니다.

그 소리는 확실히 장바 두어 커리나 나가서 저편 산속에서 납니다.

그러나 벌써 풀문이 막혀서 무엇인지 잘 보이지도 않고 응얼응얼하는 것이 무슨 소린지? 그리고 나뭇가지를 뚝뚝 꺾는 것은 산짐승 같았읍니다.

"저것이 곰이나 아닌가?"

나는 생각하였지요.

그렇게 생각하니 어찌 무서운지 단꺼번에 뛰어서 처가로 갔읍니다.

장인께서는 밭으로 나가시고 장모만 집에서 베를 짭니다.

장모께서는 내가 마당에 들어서는 것을 보시더니 말코를 벗어 놓고 베틀에서 내려서 엿감주 한 사발을 떠다 줍디다.

나는 단숨에 들이켰읍니다.

"어 ─ 달아. 나는 오늘 오다가 곰을 보았어요."

나는 가장 큰 자랑거리나 있는 듯이 흐그럽게 말했읍니다.

그리고 마루에 앉았읍니다.

"응! 무얼. 곰을 아이 끔찍해라! 어디서 보았누?"

베틀에 앉으려던 장모는 놀라운 안색으로 나를 봅니다.

"바로 이 앞산 모퉁이에서!"

나는 손을 들어 가리켰읍니다.

"아! 저런. 그려 사람을 보고 가만히 있어?"

장모는 더욱 놀랐읍니다. 나는 대답이 구구하였읍니다.

곰인지 호랑인지 무슨 소리만 듣고 보지도 못한 것을 본 체한 것이 이제 거짓말로 탄로 되게 되니 그윽히 부끄럽기도 하고 무슨 큰말이나 한 체하던 용기조차 꺾어졌읍니다.

"무서워서 보지도 못하고 뛰어왔읍니다."

"나는 또 보았다구! 그럼 곰인 줄은 어찌 알았나?"

장모는 빙긋이 웃습니다. 문제는 더욱 빡빡하게 되었읍니다.

"웅얼웅얼하면서 나무를 꺾는지 뚝딱찍끈해요. 그리고 우실렁우실렁 다니는 듯 해요."

나는 될 수 있는 대로 기운 있도록 말하려 하였읍니다.

"하하하하하."

장모께서는 즐겁게 웃습니다.

"바로 이 앞이지?"

장모는 그저 웃으면서 턱을 쳐들고 내 들어오던 길을 가리킵니다.

나는 나의 거짓에 웃지나 않는가 하여 더욱 무류하였

읍니다.

그래 대답을 못 하고 있었읍니다.

"흥 사위가 미치광이 지껄이는 것 들은 게로군!"

또 웃습니다.

나는 미치광이란 소리에 일종의 호기심이 울렁거렸읍
니다.

"네? 미치광이라니요?"

나는 의심스럽게 물었읍니다.

이때 무류한 찰나를 벗어 버리게 된 것도 다행하게 생
각하였읍니다.

"여기 그런 사람 하나 있지! 혼잣말 잘하는 사람!"

장모는 베를 짱짱 짭니다. 홀로 말하는 사람이 어떤 사
람일까 나는 더욱 의심이 났읍니다.

"왜 혼잣말 할까요?"

나는 짧은 곰방대에 담배를 담으면서 물었습니다.

"누가 아나! 아무도 없으면 몹시도 지껄이지! 그러나 일
은 잘해!"
"무슨 말을 해요!"
"몰라 무어라고 하는지? 공부하다 미쳤대!"

장모는 채를 뽑아서 다시 꼽습니다.

"무슨 공부?"
"누가 아나 장수가 되려고 산에 가서 도를 닦다가 미쳤
다든가?"

내 일찍 산에 들어서 도를 닦다가 귀신의 힐난에 미친
다는 말은 늙은이들에게서 들었으나 이때까지 본 일은 없
었습니다.
이제 짐승으로 나를 속이고 놀래이던 것이 그런 사람
이라니 어떠한 잔가 하고 나는 이윽히 상상에 머리를 썼읍

니다.

어쩌면 공부하다가 미치나? 도를 닦는데 귀신이 어떻게 히마를 주나? 과연 귀신이 있는가? 어떠한 사람인데 무엇을 바라고 도를 닦다가 귀신이 어떻게 하여서 미쳤나? 이렇게 생각할수록 그 미쳤다는 사람이 보고 싶었읍니다.

그러나 미치광이라는 소리에 혼자 찾아가기는 무섭고 또 산길에 피곤한 다리는 다시 걸을 용기도 없었읍니다. 나는 머리에 썼던 수건을 벗어서 얼굴에 먼지를 씻고 잠잠히 앉아서 허덕 그늘 속에서 베 짜는 장모를 물끄러미 보았읍니다.

"왜 그러고 앉았나? 기운 없나? 방에 들어가서 드러눕지."

나를 보시는 장모는 낯에 걱정스러운 빛이 보였습니다.
그것은 내가 항상 앓으니 또 어디가 아파서 그런가 걱정함이겠지요.

"아니요."

나는 몸을 한번 틀면서

"그 사람이 어디 있어요?"

하고 나는 또 그 미치광이를 생각하였습니다.

"누가? 웅! 미치광이 말인가? 저 건너 되놈^(중국인[中國人])의 집 옆댕에 있는 김 참봉 집에 있지."
"그걸 한번 보았으면."
"그건 보아 무엇해? 밤이면 우리 집에 놀러 오지!"

나는 장모에게 들은 말을 종합하여 미쳤다는 그 사람의 신상을 상상하면서 앞강으로 발씻으러 나갔습니다.

2

모기떼가 어떻게 심한지 나는 저녁 뒤에 장인과 같이 뜰에 피워 놓은 모깃불 곁으로 나갔습니다.
이웃집 김 장의도 오고 박 서방의 부자도 놀러 왔습니다.

옅은 안개가 사방을 아른히 둘러 싸서 동산 위에 높이 솟은 달빛은 으스름한 것이 그윽한 회포를 자아냅니다. 석벽이 병풍같이 둘린 동산 아래를 휘돌아 내려가는 강물 소리는 이날 밤의 정조를 더욱 농후케 하는 듯 하였읍니다.

"달이 물을 에웠네!"

모깃불에 옥수수 이삭을 굽던 정월돌^(박 서방의 아들)이는 달을 쳐다보고 코를 훌쩍 들이마시면서 중얼거렸읍니다.

모깃불에 가 민상투 바람으로 돌아앉았던 어른들은 약속이나 한 듯이 일시에 달을 쳐다봅니다.

나도 쳐다 보았지요.

달을 한가운데로 둥그런 무지개가 가락지 모양으로 어른히 둘렀읍니다.

"또 비가 오랴나?"

김 장의는 살짝 지나가는 바람에 캐 - 한 모깃불 연기가 낯에 스치는 것이 아치러운지 이마를 찡기고 손으로 연기를 휘휘 부칩니다.

"후치질이나 한 다음에 비가 와야지!"

걱정하시는 장인의 소리는 남의 소리 하듯 별로 걱정 같이 들리지 않았습니다.

"무얼 비가 와도 이제야."

하고 김 장의는 담배를 퍽퍽 빨더니 침을 찍 뱉고,

"올가을에는 소나 한 마리 사게 될까."

하면서 자기의 농사는 남부럽지 않다는 듯이 배를 만집니다.

"암! 김 장의야 소 한 마리야 파고 심은 닥나무지! 소만 사겠소."

말없이 우두커니 앉아서 담배만 피던 박 서방은 한숨을 휘 - 쉽니다.
지주에게 묵은 양식값이 있는지요?

"미치광이 또 온다. 저 미치광이!"

바로 내 옆에 앉아서 노루 꼬리 같은 노 - 란 머리태를 희희 두루면서 이 사람 저 사람의 낯을 쳐다보면서 꺼멓게 탄 옥수수 알을 뽑아 먹던 정월돌이는 저편을 보면서 나직이 소리를 칩니다.

"이 자식 또 들오면 매맞을라."

박 서방은 책망합니다. 나는

"낮에 나를 놀래던 미치광이 오는 게다!"

생각하면서 저 편을 보았읍니다.
달빛이 으슥한 호박밭 가 돼지 우리 뒤로 검은 그림자가 우줄우줄 오는 것이 보입니다.

"그렇게 사나운가요?"

나는 박 서방을 쳐다보았읍니다.

"가만 버려 두면 일없지만 저를 욕만 하면 세는 것이 없어요. 저거번 이 밭 임자가 미치광이라고 했다고 돌멩이로 때려서 머리가 터졌소."

박 서방은 무슨 수가 났는지 흥분된 어조였습니다.

"밭 임자를 때리고 견딘다. 참말 미친 게다."

나는 이렇게 생각하였습니다.
이곳 밭 임자는 모두 중국 사람입니다.
그 되놈들이 어떻게 무지한지 제가 글렀더래도 작인이 비위에 맞지 않으면 작인의 벌어 놓은 곡식을 빼앗고 주지 않거나 쫓거나 때리거나 그렇지 않으면 남몰래 죽이는 수가 흔합니다. 이렇게 머리를 디밀고 일하는 작인은 모두 조선 사람입니다.

"어디 사람인가요?"
"잘 알 수가 없어요. 홍원서 왔다고도 하고 북청서 왔다고도 하고 제 나이도 몇인지 모르는걸요?"

이렇게 그의^(미치광이) 신상담^(身上談)을 주고받는 사이에 그는 벌써 우리 앞에 나타났읍니다.

이때 나는 몸서리가 칩디다.

"어! 조 생원님이오."

장인께서는 웃으면서 먼저 인사를 합니다.

그는 아무 대답도 없이 한쪽에 쭈그리고 앉더니 꽁무니에서 짤막한 담뱃대를 꺼내면서,

"담배 한 대 주오."

하고 좌중에 손을 내밉니다.

그 어조는 조금도 서툴지 않으나 음성은 좀 청청스럽습디다.

박 서방은

"제기 담배는 뫼산이야!"

하면서 쌈지에서 담배 한 잎새를 꺼내 줍니다.

78

그는 별소리 없이 대에다 꾹꾹 담아서 풀석풀석 피웁니다. 일동은 그만 봅니다.

담배를 퍽퍽 빨 때마다 번적번적 하는 불빛은 달빛을 등진 그의 낯을 번득번득 비칩니다.

그때마다 보이는 그의 우뚝한 성깔스런 코와 때가 검은 낯빛은 무섭게 보입니다.

쭈그리고 앉았던 그는 맨땅에 펄썩 주저앉아서 담배를 퍽퍽 빨더니 모깃불에다 침을 탁 뱉고 허공을 보면서 무어라고 말합니다. 말하다가는 또 담배를 빱니다.

담배를 빨고는 또 침을 뱉습니다. 침을 뱉고는 또한 허공을 보며 무어라고 중얼중얼합니다.

나는 무슨 소리를 하나 하여 주의를 하여 들었지요. 그러나 전혀 알 수가 없었읍니다.

곁에 있는 이들은 모두 빙그레 웃습니다. 정월돌이는 손으로 입을 막고 킥킥 웃습니다.

그러나 미치광이는 남이야 웃거나 말거나 남이야 무어라고 하거나 말거나 조금도 쉬지 않고 어떤때는 높게 어떤때는 낮게 숭얼숭얼 합니다.

이렇게 숭얼거릴 때마다 무엇을 꼭 보는 듯 하여요. 허공을 펀 - 히 보는 것이.

"조 생원 책이나 보지."

소랑소랑한 박 서방은 빙글빙글 웃었습니다.
미치광이는 방을 물끄러미 봅니다.

"저 방에 있소. 저 선생님이 가지고 오셨소."

박 서방은 나를 보고 눈을 껌쩍거리면서,

"책을 좀 주오. 읽는 것을 봅시다."

합니다.

나는 책을 읽는다는 것이 하도 신기하여서 방으로 들
어가면서,

"자 - 이리 들어오시오."

하고 그자를 방으로 청하였습니다.

"그것은 뭐라고 방으로 부르나?"

부뚜막에서 바느질하시던 장모께서는 말씀합니다.

그러나 나는 그 대답을 하지 않고 그자를 방으로 청하였습니다.

박 서방과 정월돌이는 빙글빙글 웃으면서 문턱에 걸터앉습니다. 집 - 고 찢어지고 때가 더덕더덕한 중국 의복을 입은 미치광이는 조금도 서슴지 않고 신 신은 채로 방 가운데 펄썩 앉습니다.

나는 시렁에서 『영웅루』라는 중국 소설을 집어서 그에게 주었읍니다.

그는 받아서 읽읍니다.

역시 웅얼웅얼하는데 알아들을 수가 없읍니다.

그리고 책 첫 페이지를 편 지가 이슥토록 더 번지지 않읍니다.

나는 그의 동정을 살피느라고 시간 가는 줄 몰랐읍니다.

한참 읽던 그는 목침을 찾아서 누우려고 합니다.

"에 누워서는 안돼. 책을 이리 주어. 저 선생님도 보셔

야지."

문턱에 앉았던 박 서방은 방으로 들어와서 그의 잡은 목침을 빼앗읍니다.

"저 책을 달라고 하시오. 그냥 두면 날이 밝도록 들고 있어요."

박 서방은 나더러 또 말합니다. 미치광이는 가만히 앉아서 책을 이윽히 보다가 아까운 듯이 나를 주면서,

"좋은 책이오. 문리가 없이는 못 읽겠소!"

합니다.
나는 책을 받으면서,

"무슨 책인지 알겠소?"

하고 웃습니다.
그러나 아무 대답 없이 벽에다가 걸어 놓은 기름불을

처다보면서 또 숭얼숭얼 홀로 말합니다.

아아 무서워! 이때 불 아래서 똑똑히 보니 그의 두 눈의 검은 자위는 샛뜨는 듯이 똑같이 미간으로 몰렸는데 형용키 어려운 무서운 빛이 환합디다.

나는 그만 어찌 무서운지 밖으로 나왔지요.

"병신은 병신이라도 체면은 여간이 아니야! 저번 날 김 참봉이 어디 간날 밤에는 집에 들어오지 않았더래. 그래 그 이튿날 아침에 보니까 그 비가 몹시 오는데 강가 보릿짚 속에서 자고 왔더라나!"

이때까지 침묵을 지키던 김 장의는 누가 묻지도 않는 말을 합니다.

"왜 강가에서 잤을까?"

내가 물은즉,

"젊은 계집(김 참봉의 아내)이 혼자 자는 집에서 자기가 싫다고 그러지요."

김 장의는 대답합니다.

"더군다나 김 참봉의 여편네하고 그 뒤에 있는 되놈하고 배가 맞은 것을 보았다나 저 미치광이가. 그런 뒤로는 김 참봉만 없으면 집에서 자지 않어!"

박 서방은 제가 더 잘 안다는 듯이 말합니다.

스르르 지나는 바람에 몹시 타들어 가던 모깃불은 화르르 화염이 일어났습니다.

으슥하던 주위는 환합니다.

정월돌이는 불을 흔들어 끕니다.

불 꺼진 뒤에는 여전히 몽롱한 달빛이 뜰을 쌌습니다.

사람들은 잠깐 사이에 침묵하였습니다. 앞강의 물소리는 출렁출렁 의미 깊게 들립니다.

이때 미치광이는 방으로서 나옵니다.

"조 생원 가나!"

장인께서는 소리를 쳤으나 그는 여전히 대답 없이 숭얼숭얼하면서 돼지 우리 뒷길로 저벅저벅 갑니다.

나는 그의 그림자가 사라질 때까지 보았읍니다.

"참 별 사람이야 미친 것 같기도 하고 성한 사람 같기도 하고. 헐벗었으니 뉘 것을 훔칠 줄 아나, 배고프니 밥을 달라나! 주면 먹고 안 주면 말고. 그래도 일은 잘해. 김을 매는 것이나 나무를 하는 것이나 한다하는 장정이 와도 못 따르겠던걸! 저번에도 강가서 돈 백 냥을 얻은 것을 김참봉을 주었대! 그래야 김 참봉은 저 사람을 신발 하나 사 주지 않어!"

"아 김 참봉이야 소도적놈인데!"

김 장의의 말 뒤에 박 서방은 때나 맞은 듯이 김 참봉을 욕합니다.

"저 사람도 내지^(조선)에 부모, 처자가 있으면 저런 줄은 모르고 좀 기대릴까!"

장인께서는 고향이 그리운지 달을 쳐다봅니다. 달은 어느새 중천에 가까웠읍니다.

미치광이 간 뒤에 이러한 회화가 있었읍니다.

그러나 누구나 그의 내력을 아는 사람은 없었읍니다.

다만 장모님의 말과 같이 장수가 되려고 공부하다가 미쳤다 할 뿐 입니다.

그것도 추측인지 사실인지 확실치 못한 말입니다.

나는 이날 밤에 자리 속에서 그 미치광이의 신상에 숨었을 비밀을 머리가 아프도록 상상하여 보았읍니다.

이 때 내 눈에 비취고 마음에 떠오른 그 미치광이는 미치광이 같지 않게 생각하였읍니다.

나는 '그가 도리어 우리를 미쳤다고나 하지 않을까'고도 생각하였읍니다.

그 두 눈을 또렷이 뜨고 허공을 볼 때 그는 확실히 딴 세계를 보는 듯하며 만나려는 어떤 이를 만난 듯이 생각났습니다.

3

나는 그 이튿날 급한 볼 일이 생겨서 '양물인재'라는 곳에 갔다가 십여일 후 돌아오는 때에 처가에 들렀읍니다.

이때에는 그 미치광이가 없었읍니다.

박 서방께서 들으니 이러합디다.

말썽 많은 김 참봉의 아내가 중국 사람하고 연애[7]를 하다가 어떻게 서툴러서 미치광이에게 세 번이나 들켰읍니다.

그러나 미치광이는 아무 말도 없었읍니다.

하지만 김 참봉의 아내는 발설이 될까 겁이 나서 미치광이가 밥을 도적질한다고 남에게 거짓말로 모함하였읍니다.

귀 넓은 김 참봉은 그 말을 옳게 듣고 미치광이를 죽도록 때려서 쫓았읍니다.

미치광이는 김참봉 집에서 일 잘하여 준 보수라고 할는지 돈 한푼 못 받고 매를 죽도록 맞고 쫓겼것만 아무 소리 없이 태연자약한 태도로 갔다 합니다.

그 후에는 벌써 4년째나 그 미치광이의 소식을 나는 못 들었읍니다.

그러나 나는 늘 돈도 계집도 모르고 천애 이역에 표박 유리하여 태연자약하는 그 미치광이를 그윽히 생각합니다.

그 미치광이는 지금 어디 가서 살았는지 죽었는지?

4장

인정(人情)
·················

새벽부터 음산한 일기는 눈이 내릴 듯하더니 생각하던 눈은 내리지 않고 오후부터 빗발이 듣기 시작하였다.

때아닌 비도 분수가 있지 한겨울인 음력 세밑에 비가 내리는 것은 내년에 흉년들 조짐이라고 여관집 주인은 걱정하였다.

저녁 뒤에는 일과와 같이 밖에 나가서 돌아다니다가 들어오는 승현이의 정성도 이 비에는 움츠러져 들어가고 말았다.

그래도 가슴속이 굼실거리어서, '가까운 데 있는 김군이나 찾아볼까?'하고 벽에 걸린 양산을 벗겨 쥐었다가 덧신도 없는 구두가 흙투성이될 것과 바지 아랫도리가 물망태될 것을 생각하고 그만 주저 앉았다.

밤들면서 빗소리는 더욱 요란하였다.

여름 한장마 때 빗발같이 내리들이는 빗소리는 그로도 알 수 없는 불안을 그의 가슴에 슬며시 주었다.

그 엷고 가벼운 불안과 같이 옛날의 먼 길을 더듬는 듯한 그윽한 정회도 떠올랐다.

이따금 지나가는 바람에 불리는 빗발은 서편 들창을 몹시 치었다.

빗발이 창을 두드리는 때마다 그리웁던 누가 온 것도 같고 어깨를 누르던 지근한 침묵이 몰려가는 듯이 시원하기도 하였다.

책상에 비스듬히 기대었던 승현이는 목침을 베고 뜨뜻한 아랫목에 누웠다.

일기가 풀린 까닭도 되겠지만 구들과 화롯불에서 오르는 화기에 방안은 봄날 같았다.

그는 신문을 읽으려고 들었으나 눈은 글자를 좇지 않았다. 따분한 정서는 실실 풀리어서 빗소리를 타고 끝없이 가는 것 같았다.

그는 들었던 신문을 그로도 모르게 떨어뜨리면서 잠이 들어 버리었다.

"요새 세밑이 돼서 도적놈이 다니니 들창 덧문 같은 것도 단단히 걸고 주무십시오."

하고 일전에 여관집 주인이 부탁한 뒤로부터 반드시 닫아 걸던 서편 들창 덧문 닫을 생각도 못 하고 잠이 들었다.

항상 지키던 규율을 깨뜨린 것이 자리도 깔지 않고 옷 입은 채로 드러누운 것이 잠들 때 꺼림하였던지 깊은 잠을 못 들었다. 말하자면 무의식중에 무슨 의식이 움직이고 있었다.

잠들었던 그는 무슨 꿈을 꾸었는지 귓가에 들리는 무슨 소리에 눈을 번쩍 떴다. 방안에는 전등 불빛이 잠자던 눈에 부시도록 흐르고 있다.

창 밖에서는 그저 빗소리가 수선스럽게 들린다. 그밖에는 아무 소리도 들리지 않았다. 밤은 깊었는가?

"일어나 바루 누워야"

그는 속으로 생각하면서 눈을 다시 스르르 감다가 눈길에 띄는 무엇에 다시 눈을 떴다. 서편 들창 미닫이가 열린 것이 그의 눈에 띄었다. 그것은 분명히 닫아 두었는데 열리었다.

잠에 취하였던 그의 눈은 커졌다. 그는 일어나려고 머리를 들다가 무슨 생각을 하고 다시 고요히 누워 있었다.

열린 들창으로 흘러드는 바람은 음습하다. 그의 따분하던 기분은 흐트러지었다. 가슴속은 벌써부터 군성거리기 시작하였다.

이때 전깃불이 흘러나가는 들창 밖에는 유령 같은 그림자가 슬그머니 치밀었다. 그는 겁결에 목구멍까지 나오는 소리를 침으로 막아 삼키고 끝까지 그 그림자의 동정을 살피려고 하였으나 본능적으로 흠칫하는 전신의 동작은 걷잡을 수 없었다.

나타나던 그림자는 승현의 몸이 흠칫하는 때에 지나가는 그림자처럼 스러져 버리었다. 그이 가슴은 몹시 군성거렸다. 온몸의 피가 얼어드는 듯이 덜덜 떨리었다.

일 분간은 되었을 것이다.

승현이가 소리를 지를까 말까 하고 생각하는데 그 그림자는 또 나타났다.

승현이는 얼어드는 듯한 몸을 가까스로 진정하면서 누워 있었다. 책상 그림자가 그의 코까지 가려서 최활을 뻗친 듯이 깜작 않고 내다보는 눈은 저편에 띄지 않나 보다.

그 그림자는 낡아빠진 목출모(目出帽)를 내리 써서 눈과 코만 보인다. 밤송이 같은 눈썹 아래 좀 꺼져 들어간 세 모눈은 서릿발같이 빛나고 아무렇게나 빗어 붙인 듯이 넙적한 코는 음흉스럽게 벌룩거린다.

전깃불에 서릿발같이 빛나는 눈으로 흐르는 시선은 승현의 발치 벽과 책상 그림자에 코까지 가리운 승현의 얼굴을 번갈아가면서 쏘고 있다. 그 시선이 승현의 몸을 건드릴 때마다 그의 살가죽은 예리한 칼날로 오리는 것 같았다.

자기의 눈은 어둠에 들었으니 보이지 않으리라 하면서도 그 그림자의 시선과 맞부딪치는 때마다 눈을 감지 않을 수 없었다. 그러나 눈을 감으면 더 무서웠다. 시퍼런 칼, 반짝거리는 권총, 무지한 몽둥이, 하는 생각이 그의 머릿속을 그 꼬리가 그 꼬리를 물고 지나간다.

그 모든 흉기에 참살된 시체의 그림자. 언제던가 교당에서 누가 칼에 찔려서 피투성이가 되어 자빠졌던 그 그림자가 다시 보이었다. 그러면서도 그는,

"옳다. 옷 도적놈이다. (양복이 걸린 발치 벽을 노리는 것을 보니) 이놈 혼 좀 나 보아라. 붙잡을 필요는 없고 질겁을 하도록 맨들어야 할텐데."

94

하는 생각은 잊지 않았다. 그 생각은 그놈을 징계하려는 것보다도 그로도 알 수 없이 발작하는 호기심이 만족을 얻으려는 편에 가까웠다.

그는 이런 생각을 하다가 도적놈이 눈이 뒤집히어서 질겁을 하고 달아나는 그림자를 생각하고 속으로 웃었다. 웃음이 나면서도 겁은 겁대로 났다. 어쩐지 그놈의 흉기에 자기가 피를 흘릴 것만 같았다.

그 그림자는 머리를 돌려서 빗소리 요란한 뒤를 돌아보더니 다시 머리를 돌이키면서 기단 작대기를 방안으로 들이민다. 그 작대기가 금방 자기 가슴에 푹 박히는 듯이 승현의 전신의 피는 왈칵 끓어올랐다.

가슴은 뭉클하면서 호흡이 막히는 듯하였다. 그는 덜덜 떨리는 이빨을 악물고 그대로 누워서 견디었다.

그 그림자는 작대기 잡은 팔을 겨드랑이 보이도록 디밀었다.

작대기 끝에 처맨 쇠갈고리에 외투 깃이 걸릴 듯 말 듯할 때 승현의 떨리는 가슴은 조마조마하였다.

"의복이라고는 단 한 벌이다!"

그것도 전당에 들어갔던 것을 겨우 찾아 입은 것이다. 그것이 저 갈고리에만 걸리는 날이면 쫄딱 망하는 판이다.

그놈을 놀래려다가 제가 망하는 판이나 아닌가 하고 생각하는데 갈고리가 의걸이에 걸리면서 의걸이가 삐걱하고 외투가 걸린 채 발치에 털썩 떨어졌다.

외투가 털썩 떨어지자 그 그림자는 흠칫하고 창 밑에 숨는데 모자 꼭대기가 보일락 말락 하게 드러나고 작대기 끝은 문턱에 걸놓이었다.

도적은 방안의 동정을 엿듣는가?

떨어지는 외투가 작대기에 걸리어서 나가는 듯해서 벌떡 일어나 앉는 승현의 손에는 그로도 모르게 목침(베었던 것)이 쥐어졌다. 그는 창문턱 너머 아른거리는 모자 꼭대기를 보더니 아까 밖으로 나가려다 말고 구석에 세워 놓았던 양산을 목침과 바꾸어 잡고 들창 밑으로 기어갔다.

들창 밑으로 기어간 그는 한편으로 붙어서면서 바른손에 잡은 양산대 끝은 문턱 바로 밑에 대고 밖을 노리고 있다. 그 동안은 순간의 순간이었다.

"이놈!"

밖을 노리고 섰던 승현이는 창 밖의 그림자가 다시 얼른 나타나자 잡았던 양산대로 냅다 찌르면서 소리를 질렀다.

"악!"

뼈에 사무치도록 지르는 급한 소리와 같이 철썩하고 진창에 떨어지는 육중한 소리는 빗소리 속에 처량히 울리었다. 그는 그로도 알 수 없는 쾌감을 느끼면서 내려다보려고 들창 문턱을 잡고 몸솟음을 쳤다. 먼 불빛에 어스름 한 골목, 내리들이는 빗발 속에 쓰러진 검은 그림자가 희미하게 보이었다.

그는 그 문턱에서 떨어지면서 대청마루로 나왔다. 안방에서 자던 주인이 속옷만 입은 채 미닫이를 방긋이 열고 내다보면서,

"지금 그게 무슨 소리예요?"

하고 기운 없이 묻는다.

"도적놈 왔어요, 도적놈. 저기 자빠졌어요."

승현이는 황황히 마당에 내려섰다. 퍼붓는 빗발에 온
몸이 으쓱한 것도 불계하고 그는 대문간을 뛰어나가서 빗
장을 뽑았다. 처마 밑으로 달음질쳐서 건넌방 들창 밖으로
오니 진창에 쓰러진 그 그림자는 그저 있다.
그이 가슴은 공연히 두근거리었다.

"아이구. 응. 으윽. 헤구. 응윽."

그 그림자는 괴로운 신음 소리를 지르면서 진창에 쓰
러진 대로 몸을 비비 틀기도 하고 일어나려다가는 다시 쓰
러지는데 두 손으로 얼굴을 붙잡았다.
사정없이 빗발은 그의 몸 위에 물 퍼붓듯 쏟아진다.

"웬 사람이여."

승현의 뒤를 따라 나온 주인은 반말을 뇌었다. 그러나

그 사람은 그 대답은 하려고도 하지 않고,

"아이구. 응. 윽."

하고 이를 빡빡 갈면서 몸을 뒤틀었다. 그것을 보는 승현의 가슴은 몹시 굴렀다. 무슨 큰일이나 저질러놓은 듯하였다.

그러면서도 어쩐지 마음 한편에서는 그것을 변명할 여지가 있는 듯이 느긋하였다.

"응, 웬 사람이여."

주인은 뇌면서 성냥을 득 그었다.

"아이구. 나리. 사. 살려, 아이구!"

바람결에 그물거리는 성냥 불빛 속에서 신음하는 그 사람의 얼굴과 그 얼굴을 가린 손은 피투성이가 되었다.

"응!"

승현이는 스스로도 모르게 소리를 지르면서 그 사람의 앞에 다가들었다.

성냥불은 꺼지었다. 다시 어둠이 몰리었던 주위는 빗소리에 요란하다.

"저거 웬일이여."

다시 성냥을 그어 든 주인도 눈이 둥그래서 그 사람의 얼굴을 들이어다 본다. 승현이는 일어나 앉은 그 사람의 얼굴을 가린 손을 잡아떼었다.

왼편 눈으로 흘러내리는 피는 흙투성이 된 목출모와 의복을 질퍽히 적시었다. 승현의 가슴은 찌르르하였다. 벼락이 금방 내릴 것 같았다.

그는 비를 맞으면서 그 사람의 손을 잡은 채 멀거니 서서 어쩔 줄을 몰랐다. 주인도 성냥을 다시 그잡을 생각까지 잊은 듯이 침묵을 지키었다.

컴컴한 골목 쏟아지는 빗속에 들리는 것은 사람의 신음 소리뿐이었다.

"자, 집으로 들어갑시다."

승현이는 그 사람을 일으키었다.

"아이. 응. 나리 마님 살려줍시요."

괴롭게 떨리는 그 목소리는 애원하는 것 같았다.

"걱정 말고 들어갑시다. 얼마나 다쳤는지 병원에라도
가야지."

하고 그를 끌었다. 그는 얼른 일어나지 않았다.

그저 살려만 달라고 빌었다.

그러다가 일어서더니 저편에 자빠진 지게를 집어끌면
서 마당으로 들어 왔다.

대청 툇마루에 그를 앉히어 놓고 주인은 안방 전등을
마루로 내걸었다. 전등 불빛이 비추이는 그 사람의 정체는
더욱 볼 수 없었다. 흙투성이와 물투성이 된 온몸은 피투성
이가 되어서 가죽을 벗겨 놓은 짐승 같았다.

그는 마루에 엎드려서 눈을 붙잡고 괴롭게 신음하고
있다. 내다보던 주인 아씨는,

"에그머니!"

하고 머리를 끌어들이었다. 물을 떠 가지고 온 행랑 어멈도 이마를 찡그리면서 머리를 돌리었다.

누구나 그 사람을 잡고 그 사람의 괴롬을 같이 괴로와 하는 이는 없었다.

승현이는 그 사람의 옷을 벗기고 주인의 헌 옷을 얻어 입히고 얼굴의 피를 말끔히 닦아서 자기 방에 눕게 하였다. 여전히 피가 흐르는 왼편 눈에 솜을 붙이고 헝겊으로 싸매었으나 흐르는 피는 솜과 헝겊을 새까맣게 물들이었다.

그는 신음을 하면서 돌아가려고 하였다.

"나리 마님 살려줍시요. 할 일은 없고 어린 자식들은 밥을 달라고 하고. 살려줍시요. 이놈의 눈깔뿐 아니라 목이 떨어져도 죽을 죽을 죄를. 살려줍시요."

그는 괴롬과 울음이 섞인 목소리로 뇌었다. 그는 승현의 마음을 의심하는 것이었다.

그저 보내지 않고 감옥으로 보내지나 않을까 하고 의심하는 어조요, 태도였다.

승현의 가슴은 더욱 찌르르 저리었다. 그 사람의 말은 마디마디 창해같이 양양한 자기의 전정을 애는 듯하였다. 그 양산대가 남의 눈을 빼리라고까지는 생각지 않았던 것이다.

한때의 호기심 비슷한 충동이 그에게 무서운 결과를 주리라고는 뜻도 하지 않았던 것이다.

불과 기십 환짜리의 외투로 천금 같은 눈을 잃고 대문 밖으로 나가는 그 그림자를 보는 때 그의 가슴은 더욱 묵직하였다.

그 즉석에서 자기의 몸 위에도 그보다 더한 참혹이 내리는 것 같았다.

그는 지게를 끌고 대문 밖에 나선 그 사람을 잠깐 기다리라 하고 안으로 뛰어들어와서 외투를 들고 나갔다. 자기의 재산은 그것뿐이다.

그것은 주어 보내는 것이 어쩐지 유쾌하게 생각났다.

승현이가 다시 대문 밖에 나서니 그 그림자는 어디론지 스러지고 말았다.

그날 밤 그의 꿈은 몹시 뒤숭숭하였다.

승현이는 이튿날 아침에 회사에 출근하려고 대문 밖으로 나서는데 누군지 저편으로 돌아나가면서,

"엑, 웬 피가 저런구. 엑. 숭해."

하면서 침을 뱉는다.
그 소리는 그에게 청천벽력같이 들리었다.

어젯밤 그 광경이 눈앞에 올라서 그는 몸서리를 치면
서 외투를 다시 보았다.

5장

매월
. . . .

1

벌써 백여 년 전 일이었습니다.

영남 박생^(朴生)의 가비^(家婢) 매월^(梅月)의 우수한 글재주와 절륜한 자색은 영남 일대는 물론이요 한양^(漢陽)까지 소문이 자자하였습니다.

고을살이나 한자리 얻어 할까 하여 조상들은 배를 주리면서 벌어 놓은 전장을 턱턱 팔아서 조정에 유세력하다는 대감님네 배를 불리는 유경^(留京) 선비들 입에서도 박생의 가비 매월이가 경국지색이라는 말이 자주 흘러나왔습니다. 이렇게 하는 사람은 거반 침을 꿀꺽꿀꺽 삼켰습니다.

그러나 박생은 자기 집에 그렇게 서시 같은 절묘한 미인이 있는 줄은 몰랐었습니다.

박생은 영남에서 양반의 자손이요 가세도 넉넉합니다. 그도 벼슬이나 한자리 얻어 할까 하여 상경한 것입니다.

그러나 벌써 돈도 쓸 대로 썼고 여름이면 빈대 벼룩이 득시글득시글하고 겨울에는 벽에 반짝반짝하는 찬 서리가 들이 돋는 이대감집 사랑방에서 육 년이나 등을 치고 있으나 아무런 소식도 없습니다.

이렇지만 박생은 그것이 심려가 될지경 갑갑하거나 궁금치는 않았습니다. 매일 기생의 가무 속에서 술 먹고 풍월 짓고 담배 피우고 낮잠 자고 조금도 집으로 돌아갈 생각은 없었습니다.

그렇게 움쭉도 하지 않을 듯하던 박생이 하루는 고향으로 갈 준비를 합니다.

때는 찬비에 우물 위 오동잎이 두어 개나 떨어진 때입니다. 들에는 향기로운 벼가 누렇고 산에는 신나무가 물들기 시작합니다. 부담을 가득히 한 커단 말 등에 앉아서 고향으로 향하는 박생의 가슴에는 천사만감이 새롭습니다.

박생은 크고도 흐릿하게 힘없는 눈을 두리번두리번하면서 앞일 뒷일을 꿈꾸듯이 생각하여 보았습니다. 바람 한 점 없는 날이라 둔한 가을볕이나마 따뜻한 것이 말 등에서 잠자기도 좋거니와 무얼 생각하기도 알맞습니다.

유경 육 년에 천석지기 논은 거의 빚으로 들어가고 벼슬은 못 하고 이런 기막힐 노릇이 어디 있겠습니까? 박생은 번민 끝에 이대감을 은근히 욕하고 원망하였습니다. 그러나 지금도 이대감의 영이라면 슬슬 기면서 거행할 것입니다.

언제나 좋은 운수가 돌아와라, 벼슬을 해라, 나졸을 거느리고 쿵쾅 울리면서 어느 고을로 가라, 많은 기생들은 춤을 추고 배반은 낭자할 터이지 돈도 막 쏟아질 터이지 예쁜 가비 매월이까지도.

이렇게 박생의 공상이 무르녹았을 제 말이 돌에 채서 깡총 뛰었습니다. 박생은 털썩하는 바람에 그 달콤한 공상의 꿈을 훌쩍 깨었지요! 깨고 보니 어떻게 쓸쓸한지 눈에 들어오는 현실의 세상이 가시밭 같습니다. 박생은 힘없는 소리로,

"이놈 말 잘 몰아라."

하고는 또 눈을 스르르 감았습니다. 마부는 허리를 굽실하면서,

"황송합니다."

하고 채쭉을 번쩍 들어 말을 길 가운데로 인도합니다. 말은 머리를 번쩍 들고 서슬이 좋게 방울 소리를 덜렁덜렁 내면서 걸어갑니다.

눈감은 박생은 또 여러 가지 생각에 골몰하였습니다.

이렇게 멀쑥해 가지고야 부끄러워서 어떻게 사당에 보인담! 더구나 이웃에 사는 유판서의 게트림 부리는 소리를 구역이 나서 어찌 듣누? 에라 그만 말머리를 서울로 돌리리라. 아니다.

그러나 가비의 자색을 못 보고야 내가 이 먼 길 떠난 것은 매월이를 한번 보자는 것인데.

박생은 이러한 생각에 머리가 아플 지경입니다. 실로 박생이 이번 집으로 가는 것은 가비를 보려고 함이외다. 한 입 건너 두 입 건너 전하는 소리에 박생도 침을 삼켰습니다. 보지도 못한 매월의 용모를 상상도 하여 보았습니다.

박생은 이렇게 전전하여 생각하다가 드디어 속시원히 보려고 육 년이나 정든 한양성을 떠난 것입니다.

박생의 마음은 초조하였습니다. 일각이 삼추같이 마부를 재촉하였습니다. 새벽 거리 찬바람이나 민촌의 저문 비나 조금도 상관할 것 없이 자고 깨면 말을 휘몰았습니다.

2

참으로 속히 다다랐습니다. 서울서 떠나서 영남 본집까지 오는 동안에 닷새가 걸렸습니다. 육 년 만에 주인을 맞은 박생의 집은 무슨 잔칫집같이 들썩합니다.

떡방아를 찧어라, 술을 걸러라, 소를 잡아라, 손님이 오신다, 사랑방에 불을 넣어라, 야단법석입니다.

비둘기의 장 같은 사당 속에 갇혀 있던 신주들은 육년 만에 손자의 절을 받고 손자의 부어 주는 석 잔 술에 취하였는지 잠잠합니다. 사례(四禮)를 배운 박생은 진심스러운 사람같이 동작을 천연스럽게 지으나 그 마음과 눈은 처음으로 보는 방년 이구의 시비 매월의 몸을 떠나지 않았습니다.

박생으로 말하면 팔자에 없어서 그랬던지 때가 못 되어서 그랬던지 벼슬은 못 하였을망정 그래도 물색이 번화한 한양 성중에 다년 있었는지라 남자나 여자나 간에 어지간한 인물은 거의 보다시피 하였습니다.

그러나 자기 집의 시비 매월이 같은 자색은 못 보았던

것입니다. 박생은 어제 황혼 말 등에서 내려 방으로 들어올 때 문간에서 선녀 같은 시비의 자태를 본 후로는 마음을 진정할 수 없습니다. 그래 오늘 아침에는 매월이를 자기 방에 불러들여서 첫 시험으로 율(律)을 지었습니다.

빛같이 맑고도 포르스름한 살빛은 청조한 끝에 냉정한 표정이 없지 않으나 이슬기가 자르르한 가는 눈하며 둥그스름한 턱 위 불그레한 입술하며 이성이 넘치는 듯한 우뚝한 콧날 위 그리 넓지 않은 이마하며 어느 것이나 빠진 데 있겠습니까? 박생은 황홀하였습니다.

더욱 매월이가 조심스럽게 앉아서 교수(巧手)를 머금고 낭랑하게 율을 읊는 양은 그냥 탑싹 집어먹어도 비리지 않을 것 같았습니다. 그 문필이 갖은 것이며 용모의 뛰어난 것이라든지 탁문군이나 최앵앵이와도 손색이 없으리라 한 것은 이때 박생의 추측이었습니다.

이것을 본 박생의 마음이 어찌 순평하겠습니까? 음풍영월에 주색을 사랑하는 것이 이때 선비의 행사가 아닙니까? 아직 삼십이 못 된 박생의 가슴은 번민에 끓었습니다.

그는 천비다. 나는 양반이다. 양반이 종년을 생각하고 심려를 하다니? 응 세상이 알면 얼마나 비웃으랴? 버리자, 이 심려를 버리자.

그러나 그를 잊을 수 없구나! 그 꽃을 꺾지 않고는 못 견디겠구나! 그러나 어찌 양반으로서 종년에게 말을 내누?

박생은 이러한 생각에 견디기 어려웠습니다.

그러나 박생은 어떻게든지 사람 없는 유한한 틈을 얻어서 정화(情火)를 끄려고 하였습니다.

가비는 상전의 고민을 몰랐습니다. 어떻게 알겠습니까? 아직 말이 없으니.

3

박생이 돌아온 지 벌써 보름이 넘었습니다. 벼 베는 농군들은 들에서 거물거리고 잠자리는 소슬한 바람결에 휘휘 날았습니다. 박생은 별로 어디가 아픈지 꼭 지정할 수 없는 미적지근한 병으로 오늘까지 사흘째 신음합니다.

구릿빛 나는 가을볕이 불그무레한 서창 앞 처마에서는 새소리가 고요한데 박생은 폭신한 요 위에 고요히 누워서 천장만 봅니다. 중늙은이가 다 된 박생의 마누라는 남편이 돌아오니 반가웠습니다.

그러나 오던 날 밤부터 몸이 괴롭다 하고 자리를 같이 하지 않는 남편을 볼 때는 이마에 주름이 잡힌 마누라의 가슴에도 야속스런 생각이 없지 않았습니다.

그러나 그렇다고 무어라고 할 수 없고 다만 남편의 눈치만 슬슬 볼 뿐입니다. 지금도 고요히 누웠는 박생의 다리를 주무르던 마누라는 팔도 아프건마는 시비를 시키지 않고 자기가 그저 주무릅니다.

이것도 남편의 마음을 사려는 수작이겠지요.

그러나 박생에게는 마누라가 다리 주무르는 것이 도리어 고통이 되었습니다.

"팔 아픈데 그만두지, 매월이더러 좀 주무르라 하고."

박생은 마누라와 이렇게 가장 인정이나 있는 듯이 말하지만 속은 딴판이었습니다. 그러나 박생은 마누라가 속도 모르는 줄 알면서도 '매월이더러'라고 말할 때에 이상한 불안에 싸였습니다.

양심에 거리끼는 짓은 하지 말라 하고 교훈하는 도적놈의 심리 같았습니다. 그래서 가슴이 찌뿌듯하였습니다. 박생은 마누라의 눈치를 슬쩍 도적질하여 보았습니다.

해는 어느덧 졌습니다. 황혼이 지났습니다. 밤은 삼경이 가까웠습니다. 물 같은 달빛이 천지에 흐릅니다. 뜰에는 흩날리는 마른 잎 소리가 소슬하고 숨소리도 크지 않은 방 안에는 촛불이 휘황합니다.

마누라는 팔이 아프던지 저편 시어머니 방으로 가고 밀수를 들고 들어왔던 매월이가 박생의 다리를 주무릅니다. 갸름한 연한 손이 자리 위로 다리를 지근지근 누를 때 박생의 가슴에서 빙빙 돌던 욕화(慾火)는 머리를 훨훨 들었습니다.

박생의 두 눈에는 흐릿한 핏줄이 섰습니다. 박생의 가슴은 꿈틀꿈틀하고 몸은 미미하게 떨렸습니다.

만일 거절을 당하면, 이것이 마누라에게 탄로가 되면.

박생은 이러한 생각을 할 때면 알지 못할 공포심과 같이 모든 잡념을 없애려고 이를 악물었습니다.

그러나 누를수록 정화의 반동은 더욱 심합니다. 이제는 이해타산 할 여지가 없습니다. 절박하였습니다. 박생은 자기도 모르게 매월의 손을 꼭 쥐었습니다. 박생의 호흡은 높고 급하였습니다. 매월이는 흠칫하면서 박생의 낯을 쳐다봅니다. 박생의 낯빛은 훤한 촛불 속에 술 먹은 사람의 낯빛 같았습니다. 매월이는 아무 소리 없이 머리를 푹 수그립니다.

그의 하얀 낯에는 도화빛이 돌고 갈죽한 귀밑의 동맥

은 팔딱팔딱 뜁니다. 매월이가 소리 없이 머리 숙이는 것을 볼 때 박생의 마음은 좀 훈훈하여졌습니다. 자기는 상전이니 으레 복종하려니 여기기까지 한 것입니다.

그러나 박생의 호흡은 여전히 급하였습니다. 박생은 매월이를 자리 속으로 끌어들였습니다. 매월이는 몸을 뒤로 주어 쥐인 손을 뽑으려고 하면서 박생을 쳐다보았습니다. 좀 불그레하던 매월이의 낯에는 푸른 연색이 돌고 두 눈에는 굳센 빛이 어리어서 박생의 낯을 쏩니다.

박생은 흐리머리한 눈알을 굴려서 창을 바라보면서,

"얘, 왜 이러니? 누가 들어올라!"

나직이 그러나 황급히 말하면서 몸을 반쯤 일으켜 매월의 허리를 안으려고 덤비었습니다.

"헌헌대장부로서 어찌 천비에게 이런 짓을 하십니까?"

매월의 소리는 떨렸습니다.
그러나 쟁쟁하였습니다. 이때 저편 방에서 문 여는 소리가 나더니,

"매월아."

부르는 소리와 같이 발자취 소리가 들립니다. 박생은 매월의 손목을 얼른 놓고 부리나케 자리에 누워서 여전히 앓는 꼴을 보입니다.

매월이는 슬쩍 일어서서 옷깃을 바루고 고요히 문을 열고 나갑니다. 달빛이 그득 찬 하늘이 문을 열 때 박생의 눈에 언뜻 보였습니다. 고요하던 촛불은 잠깐 흔들렸습니다.

문 밖에 나선 시비는,

"네."

나직이 대답하면서 잘잘 신 끄는 소리가 들렸습니다. 그 태도는 아주 조용하였습니다.

"아아, 내가 이게 무슨 짓이냐? 단념을 해라. 철없는 저 것이 말만 내면."

박생은 이렇게 후회, 공포, 불안에 가슴이 조이면서도 분한 마음도 치밀었습니다.

4

닭은 벌써 네 홰나 울었습니다. 동천에 반짝반짝하던 샛별도 이제는 할 수 없는 듯이 빛을 감춥니다. 매월이는 예전대로 미음을 쑤어 들고 박생의 방으로 들어왔습니다.

매월이는 자리에 기대어서 시축$^{(詩軸)}$을 보는 박생에게,

"밤새 문안 여쭙니다."

하고 날아가는 듯이 절을 했습니다. 어젯밤 일은 아주 잊은 듯합니다. 다시는 매월의 낯을 볼 것 같지 못하게 근질근질하던 박생의 마음도 매월의 태도에 적이 풀렸습니다.

그러나 그 자태를 보매 마음이 불현듯 또 일어났습니다. 매월이는 이날 종일 굶었습니다. 배부른 상전들은 가비의 굶은 것을 몰랐습니다. 매월이가 이날 머리도 빗지 않고 제 방에 들어가서 누웠기만 하는 것을 박생의 마누라가 알고 어디 아프냐고 물어 보았습니다.

117

매월이는 아픈 데 없다고 대답할 뿐이었습니다.

이날도 어느새 저물었습니다. 그러나 박생은 무르녹은 고민에 밤 되는 줄도 몰랐습니다. 불을 켰으니 밤이거니 하였습니다. 이 밤도 어느새 지내고 또 새벽이 되었습니다. 이날 새벽에도 매월이는 미음을 달여 가지고 들어왔습니다.

박생은 이번에는 아주 점잖게,

"대장부의 한을 풀어 달라."

하고 매월에게 청하였습니다. 매월이는 역시 응치 않았습니다. 이러나 매월이는 조금도 이마를 찡기거나 낮을 붉히지 않았습니다. 이렇게 그는 태연하였으나 가슴에는 일천 잔나비가 어지러이 뛰었습니다.

그 자리에서 박생의 추태를 책망하고 싶으나 기구한 신세가 이 집에 팔려 와서 태산 같은 은혜 지었거니 생각하매 차마 그럴 수가 없고 그렇다고 송죽 같은 나의 절개를 더럽힐 수는 없다. 이렇게 그는 번민하였습니다.

이렇게 번민한 끝에 한 계책을 생각하였습니다. 그 계책은 이러합니다. 자기가 어떤 상전에게서 얻은 패물이 있으니 그것을 팔면 적지 않은 돈이 될 터이라 그것으로 내 몸을 내가 사는 것이 상책이라 한 것입니다.

그리하여 매월이는,

"고향에 돌아가서 늙은 아버지와 어머니를 모시겠습니다."

하고 속신하기를 박생에게 청하였습니다. 박생이며 마누라는 허치 않았습니다. 박생의 허치 않은 것은 딴 욕심이거니와 그 마누라가 허치 않은 것은 충실한 시비라 생각함이었습니다.

아무도 없는 때에 박생은 매월에게,

"몸만 허하면 속량은 애를 쓰지 않아도 되지."

하고 말하였습니다. 매월이는 울었습니다. 돈을 가지고도 맘대로 못 하는 그 억울함을 어디다 호소할 곳이 없었습니다. 상전을 괄시하면 목이 떨어지는 세상이 아닙니까?

그러나 매월이는 그까짓 목 떨어지는 것을 무서워서 상전 괄시를 못 한 것이 아닙니다. 괄시할 마음이 나지 않아서 괄시치 않은 것이 아니라, 어떻게 하든지 상전의 명예도

깎지 말고 자기 몸도 더럽히지 말려고 함이외다.

이렇게 시비의 반항이 심할수록 박생의 짝사랑은 더욱 더욱 가슴에 서리었습니다. 보기 전부터 불원천리하고 온 박생이 어찌 그렇지 않겠습니까? 박생의 심려는 병을 더욱 무겁게 하였습니다.

의원은 맥을 보고 횟병이라 하였습니다. 집안에서도 이웃에서도 박생의 병이 횟병이라는 것을 괴이쩍게 여기지 않았습니다. 그러나 모두 그 횟병의 뿌리를 아는 이는 없었습니다. 모두,

"아, 유경한 지 육칠 년에 한자리도 못 얻고 그 좋은 전장이 벌써 반이나 넘게 없어졌으니 횟병인들 안 나겠소"

하고 해석할 뿐이었습니다.

그러나 매월이 한 사람은 박생의 병 근원을 어렴풋이나마 짐작했습니다. 그 병을 고칠 묘한 방문은 자기가 가지고 있다는 것도 대략 짐작하였습니다.

그러나 목숨같이 믿는 꽃다운 '처녀'를 의미 없이 버리기는 너무도 원통하였습니다. 매월이는 상전의 회심을 충심으로 빌었습니다.

5

박생은 병 치료를 동래 범어사라는 절로 가려고 벌써 모든 준비를 하여 놓았습니다. 말과 교군까지 마련하였습니다. 내일 아침에는 떠날 작정입니다.

그런데 말은 박생이 타지만 교군은 누구를 태우려는지요? 여자를 가까이 하지 말라^(의원의 말이다)는 병이니까 물론 마누라는 못 갈 터이고.

이날 밤에 박생의 마누라는 매월이를 불러서 이러한 이야기를 하였습니다.

"얘, 매월아! 서방님께서 절로 가시는데 너를 데리고 가시리란다. 네 생각이 어떠냐?"

마누라는 남편의 병이 걱정되는지 얼굴에는 근심이 가득합니다. 매월이는 이 소리를 들을 때 가슴에서 납덩어리가 툭 떨어지는 것 같았습니다.

그래서 머리를 숙이고 머뭇머뭇하면서 아무 대답도 없었습니다.

"아마 네가 가야 서방님께서 편하시겠다. 박돌이를 보내면 좋겠으나 지금 추수 때고 또 네가 가면 음식 범절이 대단 편하겠으니 내가 못 가도 마음을 놓겠다. 또 서방님도 네가 가는 것이 좋다고 하니."

두 사람의 내용을 모르는 마누라는 지금 막 떠나는 듯이 부탁이 신신합니다. 매월이는 벌써 모든 것이 박생의 계책인 줄 잘 알았습니다.

그러나 조금치도 그러한 눈치를 보이지 않았습니다.

이날 밤 달은 어찌 그리도 밝은지요? 유달리 밝은 달은 매월의 속 깊이 잠긴 애수를 환히 비추어 주는 듯하였습니다.

매월이는 깊은 밤 고요한 우물가에서 고향을 향하여 소리 없는 눈물을 뿌렸습니다.

뜨거운 눈물은 찬 달빛과 서로 어울려서 방울방울 진주같이 검은 땅에 떨어졌습니다.

6

별빛이 금방 사라진 퍼런 하늘에는 불그레한 구름이

흐르고 찬 안개 거둔 서편 산 높은 봉에는 아침 볕이 입혔습니다.

박생의 일행은 길을 떠났습니다. 잎 떨어진 가지 끝에는 새가 종알거리고 푸른 소나무 사이에는 단풍이 불을 사르는 것 같습니다.

농촌의 남녀들은 벌써 들에 나와서 벼를 뱁니다.

서리 아침 쌀쌀한 기운은 박생의 여윈 뼈에 살금살금 스며들었습니다. 그러나 박생의 가슴속에는 그윽한 기쁨이 돌았습니다. 유한한 사찰로 가면 자기의 목적이 꼭 성공되리라고 믿은 까닭이외다.

그러면서도 시비의 상설 같은 태도를 가만히 생각할 때면 언뜻거리는 양심의 느낌을 받는 동시에 불쾌한 무엇에 싸였습니다. 그러나 그것은 한 찰나 염념천사(念念千思)하여 끊임없이 일어나는 것은 역시 매월에게 대한 애욕이었습니다.

이렇게 굳센 애욕이 그 가슴 가운데 있는 박생이 어찌 그 마음이 편하겠습니까? 실로 박생은 양반 다음에는 매월이를 생각하였습니다.

"나는 상전이고 매월이는 천비다. 제가 내게 거절하는

것은 일시 부끄러워서 그러겠지 실상이야?"

박생은 이렇게도 생각하였습니다. 그것이 부끄러워서
일시 거절되기를 은근히 빌었습니다. 그러나 어쩐 셈인지
공연히 섭섭하였습니다.

매월이는 교군에 실려서 박생의 말 뒤에 따르나, 그 마
음은 동에도 있지 않고, 서에도 있지 않고, 남에도 북에도
있지 않고, 하늘에도 땅에도 있지 않고, 물론 몸에도 지접
지 않은 듯이 서성거리고 갈팡질팡하였습니다.

이 궁리 저 생각에 가슴은 갑갑하고 정신은 산란하였
습니다. 그러나 어디다 하소연하며 의탁하여 구원을 청하
겠습니까? 그는 고적한 신세를 새삼스럽게 느꼈습니다. 매월
이는 눈을 감고 머리를 숙였습니다. 교군은 걸음걸음 뒤로
뒤로 돌아가는 듯도 하고 무슨 깊숙한 데로 들어가는 듯도
하였습니다.

그는 눈을 번쩍 떴습니다. 하늘에는 솜 같은 흰 구름
이 기세 좋게 흐릅니다. 매월의 마음은 그 구름을 타고 자
꾸자꾸 저 끝없는 하늘가로 가고 싶었습니다. 그는 다시 눈
을 굴려 들에서 가을걷이에 분주히 돌아다니는 농촌 부녀
들을 볼 때 솔개에게 채여 가는 듯한 자기의 그림자를 눈

앞에 그려 보았습니다. 가지 않으려야 추상같은 위엄에 무엇인들 견디겠습니까?

따라가면 그물에 든 고기며 농에 갇힌 새가 될 것입니다. 이 자리에서 입을 열어 전후를 토설하고 몸부림을 하고 싶으나 모가지 떨어지는 것은 떨어지더라도 은혜를 생각하니 상전에게 노골적 반항을 할 수 없었습니다.

박생의 사랑은 그리 받지 않았으나 박생의 마누라며 박생의 어머니는 매월이를 친딸같이 사랑하였습니다.

'한정후' 시대를 회상하여 '화룡도'에서 '조조'를 베지 아니한 '관운장'의 정의를 찬미하고 '견마의 충'을 동경하는 시대에서 성장하여 가르침을 받은 매월이라, 은혜라는 것을 생각지 않을 수 없었습니다.

생각하는 것보다 그의 천성이 되다시피 은혜감(恩惠感)이 굳었습니다.

- 일개 아녀자요 천비로서 헌헌장부의 간담을 태우누나.

이렇게 생각할 때마다 매월의 희생적 정신은 괴로웠습니다. 그렇다고 그 몸을 허할 수는 없었습니다. 은혜를 위하여 마음 없는 정조를 희생하기는 지극히 통석하였습니다.

한평생을 몸 아낄 만한 사람이거나 '논개'나 '초선'이 같이 큰 사업을 위하는 것이었다면 그 정조를 바쳤겠지만, 상전의 한때 성욕을 만족시키기 위하여 정조라는 비단에 쉬 가위를 대기는 뼈가 갈려도 할 수 없었습니다.

그러나 자기가 박생의 눈앞에 있고야 그 위험에 협박을 받지 않을 수 없으며 자기의 반항이 굳세면 굳셀수록 상전의 심려는 깊어 갈 것이다, 그렇게 되면 내 몸도 괴로우려니와 은혜 진 상전의 병이 더하면 어쩌누? 아아 어쩌면 좋으랴?

천지는 넓으나 이 몸을 응납할 곳은 없구나 매월이는 이렇게 교군 위에서 탄식도 하고 절망도 하였습니다.

그러나 어쩐지 마음 한편은 튼튼하였습니다. 더러운 누명을 쓰고 세상의 배척은 받으나 실상인즉 청백한 사람의 속 같았습니다.

7

박생의 일행은 육십 리 나와서 낙동강 가에 다다랐습니다.

늦은 가을 떨어지는 햇빛이 붉은 먼 강촌에는 비단발 같은 저녁연기가 아른히 빗겨 흐르고 집 찾는 외까마귀는 높다란 벼랑으로 돌아듭니다.

강을 건너야 주막이 있는 고로 나룻배 사공을 불렀습니다.

교군에서 내려 나룻배에 오를 때 매월의 눈에 비치는 용용한 푸른 물결은 그에게 무슨 암시를 주었습니다.

이 무슨 암시인지요?

어디로서 와서 어디로 가는지 저편 해 넘어가는 서산 아래로 양양히 흘러와서 저 아래 세류촌을 지나 끝없이 끝없이 가는 푸른 물! 흰 구름이 뭉실뭉실한 하늘을 띤 수면! 강풍에 옷소매를 날리면서 신비로운 우주 자연의 풍경을 물끄러미 보는 그 찰나 매월이는 현세의 모든 고통을 잊었습니다.

그는 이때 양양한 벽파 속에서 용궁을 찾아보았으며 철철한 물소리 속에서 용녀의 깨끗한 노래를 들었습니다. 매월이는 '아아 알았다. 원수의 몸으로 인하여 이 마음까지 고통이로구나!' 하고 속으로 부르짖었습니다.

날씬하던 그의 두 어깨는 으쓱하여지고 하다못해 푸르스름한 낯에는 엄연한 빛이 돌았습니다.

배가 중류에 떴을 때였습니다.

매월이는 살그머니 돌아서서 박생을 향하여,

"서방님, 글 한 수 읊을까요?"

하고 꼭 다물었던 주순을 방긋 열었습니다. 박생은 기뻤습니다. 어떻게 기쁜지 말이 얼른 나오지 않았습니다.

배 안의 사람들은 여자가 글 읊는다는 말에 서로 낯만 쳐다보았습니다.

"응, 그래 읊어라! 나도 한 수 회답할 테니."

박생은 매월이를 보았습니다.

매월이는 침착하고 조용한 태도로 낭랑하게 읊습니다.

"위여상설은여산 불거위난거역난(威如霜雪恩如山 不去爲難去亦難)

회수낙동강수벽 차신위처차심안(回首洛東江水碧 此身

128

危處此心安)."

끝구 '차신위처차심안'이라 읊을 때 박생은 응 하고 소스라쳐 놀랐습니다. 그리하고 얼른 매월의 치마를 잡으려고 하였습니다.

추풍 속에 섰던 매월의 가냘픈 몸은 박생의 손보다도 더 빠르게 용용한 벽파 속에 풍덩실 들어갔습니다.

물방울이 뛰고 거품이 부시시 끓던 물 아래로 아래로 흘러갑니다.

배 가운데 모든 사람들은 어떻게 놀랐는지 실색할 지경입니다.

그러나 매월이 물에 들어간 속은 박생밖에 아는 사람이 없습니다.

박생은 사공을 시켜서 배를 중류에 흘리 저어 매월이를 찾으려고 애를 썼습니다.

석양은 숨어 버렸습니다. 찬바람이 도는 강변은 차츰 컴컴하여 갑니다.

매월이의 시체는 못 찾았습니다. 아아 매월이는 바다로 흘러갔나? 용궁으로 갔나?

박생은 이날 밤새도록 달빛이 처량한 낙동강 가에서

매월의 시를 읊으면서 가슴을 만졌습니다.

백여 년 뒤 오늘날까지도 낙동강을 건너는 뜻있는 사람들은 매월의 시를 읊으면서 소리치는 벽파를 다시금 돌아봅니다.

"위엄은 상설 같고 은혜는 태산 같아 아니 가기 어려웁고 가기 또한 어려워라. 머리를 돌이키니 낙동강 물 푸르렀는데 이 몸이 위태한 곳에 이 내 마음 평안하네."

6장

탈출기
···········

1

김군! 수삼차 편지는 반갑게 받았다. 그러나 한번도 회답치 못하였다. 물론 군의 충정에는 나도 감사를 드리지만 그 충정을 나는 받을 수 없다.

박군! 나는 군의 탈가(脫家)를 찬성할 수 없다. 음험한 이역에 늙은 어머니와 어린 처자를 버리고 나선 군의 행동을 나는 찬성할 수 없다. 박군! 돌아가라. 어서 집으로 돌아가라. 군의 보모와 처자가 이역 노두에서 방황하는 것을 나는 눈앞에 보는 듯싶다. 그네들의 의지할 곳은 오직 군의 품밖에 없다. 군은 그네들을 구하여야 할 것이다.

군은 군의 가정에서 동량(棟梁)이다. 동량이 없는 집이 어디 있으랴? 조그마한 고통으로 집을 버리고 나선다는 것이

의지가 굳다는 박군으로서는 너무도 박약한 소위이다.

군은 x x단에 몸을 던져 x선에 섰다는 말을 일전 황군에게서 듣기는 하였으나 그렇다 하여도 나는 그것을 시인할 수 없다. 가족을 못 살리는 힘으로 어찌 사회를 건지랴.

박군! 나는 군이 돌아가기를 충정으로 바란다. 군의 가족이 사람들 발 아래서 짓밟히는 것을 생각할 때! 군의 가슴인들 어찌 편하랴.

김군! 군은 이러한 말을 편지마다 썼지? 나는 군의 뜻을 잘 알았다. 사랑하는 나의 가족을 위하여 동정하여주는 군에게 어찌 감사치 않으랴? 정다운 벗의 충고에 나는 늘 울었다.

그러나 그 충고를 들을 수 없다. 듣지 않는 것이 군에게는 고통이 될는지? 분노가 될는지? 나에게 있어서는 행복일는지도 알 수 없는 까닭이다.

김군! 나도 사람이다. 정애(情愛)가 있는 사람이다. 나의 목숨 같은 내 가족이 유린받는 것을 내 어찌 생각지 않으랴? 나의 고통을 제삼자로서는 만분의 일이라도 느낄 수 없는 것이다.

나는 이제 나의 탈가한 이유를 군에게 말하고자 한다.

133

여기에 대하여 동정과 비난은 군의 자유이다. 나는 다만 이러하다는 것을 군에게 알릴 뿐이다.

나는 이것을 군이 아니면 다른 사람에게 라도 알리지 않고는 견딜 수 없는 충동을 받는 까닭이다.

그러나 나는 단언한다. 군도 사람이어니 나의 말하는 것을 부인치는 못하리라.

2

김군! 내가 고향을 떠난 것은 오년 전이다. 이것은 군도 아는 사실이다. 나는 그때에 어머니와 아내를 데리고 떠났다.

내가 고향을 떠나 간도로 간 것은 너무도 절박한 생활에 시들은 몸에 새 힘을 얻을까 하여 새 희망을 품고 새 세계를 동경하여 떠난 것도 군이 아는 사실이다.

간도는 천부금탕이다. 기름진 땅이 흔하여 어디를 가든지 농사를 지을 수 있고 농사를 지으면 쌀도 흔할 것이다. 삼림이 많으니 나무 걱정도 될 것이 없다. 농사를 지어서 배불리 먹고 뜨뜻이 지내자. 그리고 깨끗한 초가나 지어놓고 글도 읽고 무지한 농민들을 가르쳐서 이상촌(理想村)을 건설하리라. 이렇게 하면, 간도의 황무지를 개척할 수 있다.

이것이 간도 갈 때의 내 머릿속에 그리었던 이상이었다. 이때에 나는 얼마나 기뻤으랴! 두만강을 건너고 오랑캐령을 넘어서 망망한 평야와 산천을 바라볼 때 청춘의 내 가슴은 이상의 불길에 탔다.

구수한 내 소리와 헌헌한 내 행동에 어머니와 아내도 기뻐하였다. 오랑캐령을 올라서니 서북으로 쏠려오는 봄세 찬 바람이 어떻게 뺨을 갈기는지,

"에그 춥구나! 여기는 아직도 겨울이구나"

하고 어머니는 수레 위에서 이불을 뒤집어썼다.

"무얼요, 이 바람을 많이 마셔야 성공이 올 것입니다."

나는 가장 씩씩하게 말하였다. 이처럼 나는 기쁘고 활기로왔다.

3

김군! 그러나 나의 이상은 물거품으로 돌아갔다. 간도에 들어서서 한 달이 못되어서부터 거칠은 물결은 우리 세 생령(生靈)의 앞에 기탄없이 몰려왔다.

나는 농사를 지으려고 밭을 구하였다. 빈 땅은 없었다. 돈을 주고 사기 전에는 한 평의 땅이나마 손에 넣을 수 없었다.

그렇지 않으면 지나인(支那人)의 밭을 도조나 타조로 얻어야 한다. 일년 내 중국사람에게서 양식을 꾸어먹고 도조난 타조를 얻는대야 일년 양식 빚도 못될 것이고 또 나같은 '시로도'에게는 밭을 주지 않았다.

생소한 산천이요, 생소한 사람들이니, 어디 가 어쩌면 좋을는지? 의논할 사람도 없었다. H라는 촌거리에 셋방을 얻어가지고 어름어름하는 새에 보름이 지나고 한 달이 넘었다. 그새에 몇 푼 남았던 돈은 다 불려먹고 밭은 고사하고 일자리도 못 얻었다 나는 팔을 걷고 나섰다.

이리저리 돌아다니면서 구들도 고쳐주고 가마도 붙여주었다. 이리하여 호구하게 되었다. 이때 H장에서는 나를 '온돌장이^(구들 고치는 사람)라고 라고 불렀다.

136

갈아입을 의복이 없는 나는 늘 숯검정이 꺼멓게 묻은 의복을 벗을 새가 없었다.

H장은 좁은 곳이다. 구들 고치는 일도 늘 있지 않았다.

그것으로 밥먹기가 어려웠다. 나는 여름 불볕에 샀김도 매고 꼴도 베어 팔았다 그리고 어머니와 아내는 샀방아 찧고 강가에 나가서 부스러진 나뭇개비를 주워서 겨우 연명하였다.

김군! 나는 이때부터 비로소 무서운 인간고(人間苦)를 느꼈다. 아아, 인생이란 과연 이렇게도 괴로운 것인가, 하는 것을 나는 생각하게 되었다. 나는 나에게 닥치는 풍파 때문에 눈물 흘린 일은 이때까지 없었다.

그러나 어머니가 나무를 줍고 젊은 아내가 샀방아를 찧을 때 나의 피는 끓었으며 나의 눈은 눈물에 흐려졌다.

"에구, 차라리 내가 드러누워 앓고 있지, 네 괴로와하는 꼴은 차마 못 보겠다."

이것은 언제 내가 병들어 신음할 때에 어머니가 울면서 하신 말씀이다. 이것을 무심히 들었던 나는 이때에야 이 말의 참뜻을 느꼈다.

"아아, 차라리 나의 고기가 찢어지고 뼈가 부서지는 것은 참을 수 있으나, 내 눈앞에서 사랑하는 늙은 어머니와 아내가 배를 주리고 남의 멸시를 받는 것은 참으로 견디기 어렵구나"

나는 이렇게 여러 번 가슴을 쳤다. 나는 밤이나 낮이나, 비오나 바람이 치나 헤아리지 않고 삯김·삯심부름·삯나무, 무엇이든지 가리지 않았다.

"오늘도 배고프겠구나, 아침도 변변히 못 먹고 나는 너 배 주리지 않는 것을 보았으면 죽어도 눈을 감겠다."

내가 삯일을 하다가 늦게 돌아오면 어머니는 우실 듯이 말씀하셨다. 그러나 나는 흔연하게,

"배가 무슨 배가 고파요."

하고 대답하였다.

내 아내는 늘 별 말이 없었다. 무슨 일이든지 시키는 대로 다소곳하고 아무 소리 없이 순종하였다. 나는 그것이

더욱 불쌍하게 생각된다. 나는 어머니보다도 아내 보기가 퍽 부끄러웠다.

"경제의 자립도 못되는 내가 왜 장가를 들었누?"

이것이 부모의 한 일이었지만 나는 이렇게도 탄식하였다. 그럴수록 아내에게 대하여 황공하였고 존경하였다.

어떻게 하면 살 수 있을까? 이러한 생각은 이때 내 머리를 몹시 때렸다. 이때 나에게 부지런한 자에게 복이 온다, 하는 말이 거짓말로 생각되었다.

그 말을 지상의 격언으로 굳게 믿어온 나는 그 말에 도리어 일종의 의심을 품게 되었고 나중은 부인까지 하게 되었다.

부지런하다면 이때 우리처럼 부지런함이 어디 있으며 정직하다면 이때 우리 식구같이 정직함이 어디 있으랴?

그러나 빈곤은 날로 심하였다. 이틀 사흘 굶은 적도 한두 번이 아니었다. 한번은 이틀이나 굶고 일자리를 찾다가 집으로 들어가보니 부엌 앞에서 아내가 ^(아내는 이때에 아이를 배어서 배가 남산만하였다) 무엇을 먹다가 깜짝 놀란다.

그리고 손에 쥐었던 것을 얼른 아궁이에 집어넣는다.

139

이때 불쾌한 감정이 내 가슴에 떠올랐다.

"무얼 먹을까? 어디서 무엇을 얻었을까? 무엇이길래 어머니와 나 몰래 먹누? 아! 여편네란 그런 것이로구나! 아니 그러나 설마 그래도 무엇을 먹던데."

나는 이렇게 아내를 의심도 하고 원망도 하고 밉게도 생각하였다. 아내는 아무런 말없이 어색하게 머리를 숙이고 앉아 씩씩 하다가 밖으로 나간다.

그 얼굴은 좀 붉었다. 아내가 나간 뒤에 나는 아내가 먹다 던진 것을 찾으려고 아궁이를 뒤지었다. 싸늘하게 식은 재를 막대기에 뒤져내니 벌건 것이 눈에 띄었다.

나는 그것을 집었다. 그것은 귤껍질이다. 거기는 베먹은 잇자국이 있다. 귤껍질을 쥔 나의 손은 떨리고 잇자국을 보는 내 눈에는 눈물이 괴었다.

김군! 이때 나의 감정을 어떻게 표현하면 적당할까?

"오죽 먹고 싶었으면 길바닥에 내던진 귤껍질을 주워먹을까, 더욱 몸 비잖은 그가! 아아, 나는 사람이 아니다. 그러한 아내를 나는 의심하였구나! 이놈이 어찌하여 그러한 아내에게 불평을 품었는가. 나 같은 잔악한 놈이 어디 있으랴. 내가 양심이 부끄러워서 무슨 면목으로 아내를 볼까?"

이렇게 생각하면서 나는 느껴가며 눈물을 흘렸다. 귤 껍질을 쥔 채로 이를 악물고 울었다.

"야, 어째서 우느냐? 일어나거라. 우리도 살 때 있겠지, 늘 이러겠느냐."

하면서 누가 어깨를 친다. 나는 그것이 어머니인 것을 알았다.

"아이구 어머니, 나는 불효자외다."

하면서 어머니의 팔을 안고 자꾸자꾸 울고 싶었다. 그러나 나는 아무 소리 없이 가슴을 부둥켜 안고 밖으로 나갔다.

"내가 왜 우노? 울기만 하면 무엇 하나? 살자! 살자! 어떻게든지 살아보자! 내 어머니와 내 아내도 살아야 하겠다.

이 목숨이 있는 때까지는 벌어보자!"

나는 이를 갈고 주먹을 쥐었다. 그러나 눈물은 여전히 흘렀다. 아내는 말없이 울고 섰는 내 곁에 와서 손으로 치마끈을 만적거리며 눈물을 떨어뜨린다.

농사집에서 자라난 아내는 지금도 어찌 수줍은지 내가 울면 같이 울기는 하여도 어떻게 말로 위로할 줄은 모른다.

4

김군! 세월은 우리를 위하여 여름을 항시 주지는 않았다.

서풍이 불고 서리가 내리기 시작하였다. 찬 기운은 벗은 우리를 위협하였다. 가을부터 나는 대구어(大口魚) 장사를 하였다. 삼원을 주고 대구 열 마리를 사서 등에 지고 산골로 다니면서 콩(大豆)과 바꾸었다.

난 대구 열 마리는 등에 질 수 있었으나 대구 열 마리를 주고 받은 콩 열 말은 질 수 없었다. 나는 하는 수 없이 삼사십리나 되는 곳에서 두 말씩 두 말씩 사흘 동안이나

142

져왔다. 우리는 열 말 되는 콩을 자본삼아 두부장사를 시작하였다.

아내와 나는 진종일 맷돌질을 하였다. 무거운 맷돌을 돌리고나면 팔이 뚝 떨어지는 듯 하였다.

내가 이렇게 괴로울 적에 해산한 지 며칠 안 되는 아내의 괴로움이야 어떠하였으랴? 그는 늘 낯이 부석부석하였다. 그래도 나는 무슨 불평이 있는 때면 아내를 욕하였다.

그러나 욕한 뒤에는 곧 후회하였었다. 콧구멍만한 부엌방에 가마를 걸고 맷돌을 놓고 나무를 들이고 의복가지를 걸고 하면 사람은 겨우 비비고 들어앉게 된다. 뜬 김에 문창은 떨어지고 벽은 눅눅하다. 모든 것이 후질근하여 의복을 입은 채 미지근한 물 속에 들어앉은 듯 하였다.

어떤 때는 애써 갈아놓은 비지가 이 뜬 김 속에서 쉬어버렸다. 두붓물이 가마에서 몹시 끓어 번질 때에 우유빛 같은 두붓물 위에 버터빛같은 노란 기름이 엉기면 ^(그것은 두부가 잘될 징조다) 우리는 안심한다.

그러나 두붓물이 희멀끔해지고 기름기가 돌지 않으면 거기만 시선을 쏘고 있는 아내의 낯빛부터 글러가기 시작한다. 초를 쳐보아서 두붓발이 서지 않게 매캐지근하게 풀려질 때에는 우리의 가슴은 덜컥 한다.

143

"또 쉰 게로구나! 저를 어쩌누?"

젖을 달라구 빽빽 우는 어린아이를 안고 서서 두붓물만 들여다보시는 어머니는 목메인 말씀을 하시면서 우신다. 이렇게 되면 온 집안은 신산하여 말할 수 없는 울음·비통·처참·소조(蕭條)한 분위기에 싸인다.

"너 고생한 게 애닯구나! 팔이 부러지게 갈아서 그거(두부)를 팔아서 장을 보려고 태산같이 바랬더니."

어머니는 그저 가슴을 뜯으면서 우신다. 아내도 울듯울듯 머리를 숙인다. 그 두부를 판대야 큰 돈은 못된다. 기껏 남는대야 이십전이나 삼십전이다.

그것으로 우리는 호구를 한다. 이십전이나 삼십전에 어머니는 운다. 아내도 기운이 준다. 나까지 가슴이 바짝바짝 조인다.

그날은 하는 수 없이 쉰 두붓물로 때를 메우고 지낸다. 아이는 젖을 달라고 밤새껏 빽빽거린다.

우리의 살림에 어린애도 귀치는 않았다.

5

울면서 겨자먹기로 괴로운 대로 또 두부를 하지 않으면 안된다. 그러나 이번에는 땔나무가 없다. 나는 낫(鎌)을 들고 떠난다. 내가 낫을 들고 떠나면 산후 여독으로 신음하는 안내도 낫을 들고 말없이 나를 따라 나선다.

어머니와 나는 굳이 만류하나 아내는 듣지 않는다. 내 손으로 하는 나무이언만 마음놓고는 못한다. 산 임자에게 들키면 여간한 경을 치지 않는다.

그러므로 우리는 황혼이면 산에 가서 나무를 하여 지고 밤이 깊어서 돌아온다. 아내는 이고 나는 지고 캄캄한 밤에 산비탈로 내려오다가 발이 미끄러지거나 돌에 채이면 곤두박질을 하여 나뭇짐 속에 든다. 아내는 소리 없이 이었던 나무를 내려놓고 나뭇짐에 눌려서 버둑거리는 나를 겨우 끄집어 일으킨다.

그러나 내가 나뭇짐을 지고 일어나면 아내는 혼자 나뭇짐을 이지 못한다. 또 내가 나뭇짐을 벗고 아내에게 이어주면 나는 추어주는 이 없이는 나뭇짐을 질 수가 없었다.

하는 수 없이 나는 어떤 높은 바위에 벗어놓고 아내에게 이어준다. 이리하여 산비탈을 내려오면 언제 왔는지 어

머니는 애를 업소 우둘우둘 떨면서 산 아래서 기다리다가
도,

"인제 오니? 나는 너 또 붙들리지나 않은가 하여 혼이
났다."

하신다. 이때마다 내 가슴은 저릿다. 나는 이렇게 나무
를 하다가 중국경찰서까지 잡혀가서 여러번 맞았다.

이때 이웃에서는 우리를 조소하고 경찰에서는 우리를
의심하였다.

흥, 신수가 멀쩡한 연놈들이 그 꼴이야, 어디 가 일자리
도 구하지 않고 그 눈이 누래서 두부장사 하는 꼬락서니는
참 더러워서 못 보겠네. X알을 달고 나서 그렇게야 살리?

이것은 이웃 남녀가 비웃는 소리였다. 그리고 어떤 산
임자가 나무 잃고 고발을 하면 경찰서에서는 불문곡직하고
우리집부터 수색하고 질문하면서 나를 때린다. 그러나 나
는 호소할 곳이 없다.

6

김군! 이러구러 겨울은 점점 깊어가고 기한은 점점 박두하였다. 일자리는 없고 그렇다고 손을 털고 앉았을 수도 없었다. 모든 식구가 퍼러퍼레서 굶고 앉은 꼴을 나는 그저 볼 수 없었다.

시퍼런 칼이라도 들고 하루라도 괴로운 생을 모면하도록 쿡쿡 찔러 없애고 나까지 없어지든지, 나가서 강도질이라도 하여서 기한을 면하든지 하는 수밖에는 더 도리가 없게 절박하였다.

나는 일이 없으면 없느니만큼, 고통이 닥치면 닥치느니만큼 내 번민은 크다. 나는 어떤 날은 거의 얼빠진 사람처럼 눈을 감고 깊은 생각에 잠긴 일도 있었다. 이때 머릿속에서는 머리를 움실움실 드는 사상이 있었다^(오늘날에 생각하면 그것은 나의 전 운명을 결정할 사상이었다).

그 생각은 누구의 가르침에 의해 일어난 것도 아니려니와 일부러 일으키려고 애써서 일어난 것도 아니다. 봄 풀싹같이 내 머릿속에서 점점 머리를 들었다.

나는 여태까지 세상에 대하여 충실하였다. 어디까지든지 충실하려고 하였다. 내 어머니, 내 아내까지도 뼈가 부서

147

지고 고기가 찢기더라도 충실한 노력으로써 살려고 하였다.

그러나 세상은 우리를 속였다. 우리의 충실을 받지 않았다. 도리어 충실한 우리를 모욕하고 멸시하고 학대하였다.

우리는 여태까지 속아 살았다. 포악하고 허위스럽고 요사한 무리를 용납하고 옹호하는 세상인 것을 참으로 몰랐다. 우리뿐 아니라 세상의 모든 사람들도 그것을 의식치 못하였을 것이다.

그네들은 그러한 세상의 분위기에 취하였었다. 나도 이때까지 취하였었다. 우리는 우리로서 살아 온 것이 아니라 어떤 험악한 제도의 희생자로서 살아왔었다.

김군! 나는 사람들을 원망치 않는다. 그러나 마주^(魔酒)에 취하여 자기의 피를 짜 바치면서도 깨지 못하는 사람을 그저 볼 수 없다. 허위와 요사와 표독^(慓毒)과 게으른 자를 옹호하고 용납하는 이 제도는 더욱 그저 둘 수 없다.

이 분위기 속에서는 아무리 노력하여도 우리의 생의 만족을 느낄 날이 없을 것이다. 어찌하여 겨우 연명을 한다 하더라도 죽지 못하는 삶이 될 것이요, 그 영향은 자식에게까지 미칠 것이다.

나는 어미 품속에서 빽빽하는 어린것의 장래를 생각

할 때면 애잡짤한 감정과 분함을 금할 수 없다. 내가 늘 이 상태면^(그것은 거의 정한 이치다) 그에게는 상당한 교양은 고사하고, 다리 밑이나 남의 집 문간에 버리게 될 터이니, 아! 삶을 받을 만한 생명을 죄없이 찌그러지게 하는 것이 어찌 애닯지 않으랴? 그렇다면 그것을 나의 죄라 할까?

김군! 나는 더 참을 수 없었다. 나는 나부터 살려고 한다. 이때까지는 최면술에 걸린 송장이었다. 제가 죽은 송장으로 남^(식구들)을 어찌 살리랴.

그러려면 나는 나에게 최면술을 걸려는 무리를 험악한 이 공기의 원류를 쳐부수어야 하는 것이다.

나는 이것을 인간의 생의 충동이며 확충이라고 본다. 나는 여기서 무상의 법열^(法悅)을 느끼려고 한다. 아니 벌써부터 느껴진다. 이 사상이 나로 하여금 집을 탈출케 하였으며, ××단에 가입케 하였으며, 비바람 밤낮을 헤아리지 않고 벼랑 끝보다 더 험한 선에 서게 한 것이다.

김군! 거듭 말한다. 나도 사람이다. 양심을 가진 사람이다. 내가 떠나는 날부터 식구들은 더욱 곤경에 들 줄로 나는 안다. 자칫하면 눈속이나 어느 구렁에서 죽는 줄도 모르게 굶어죽을 줄도 나는 잘 안다.

그러므로 나는 이곳에서도 남의 집 행랑어멈이나 아범

이며, 노두에 방황하는 거지를 무심히 보지 않는다.

아! 나의 식구도 그럴 것을 생각할 때면 자연히 흐르는 눈물과 뿌직뿌직 찢기는 가슴을 덮쳐 잡는다.

그러나 나는 이를 갈고 주먹을 쥔다. 눈물을 아니 흘리려고 하며 비애에 상하지 않으려고 한다.

울기에는 너무도 때가 늦었으며 비애에 상하는 것은 우리의 박약을 너무도 표시하는 듯 싶다. 어떠한 고통이든지 참고 분투하려고 한다.

김군! 이것이 나의 탈가한 이유를 대략 적은 것이다. 나는 나의 목적을 이루기 전에는 내 식구에게 편지도 하지 않으려고 한다. 그네가 죽어도, 내가 또 죽어도.

나는 이러다 성공 없이 죽는다 하더라도 원한이 없겠다. 이 시대, 이 민중의 의무를 이행한 까닭이다.

아아, 김군아! 말을 다 하였으나 정은 그저 가슴에 넘치누나!